U0001656

淡藍色一百擊

陳黎

「陳黎是當今中文詩界最能創新且令人驚喜的詩人之一……他的作品一方面見證了主導台灣蛻變的歷史變遷，另一方面則表現了詩人蓬勃的實驗精神。陳黎的詩不但勾勒出台灣文化認同甘苦參半的追尋過程，更重要的是，它為個人和政治，藝術至上的前衛主義和良心文學的適切結合提出了動人的實證。」

——奚密（詩評家）

「詩……，是美與秩序構成的自身具足，充滿魔力的迷人世界。陳黎詩歌的特色正是這種語言與形式上的魔力。」

——《劍橋中國文學史》
（ *The Cambridge History of Chinese Literature* ）

「陳黎的詩創作為中國文字以及語言的多樣性開啟了一個更寬闊、更繁複的視野。陳黎援引中文字的特性，讓他的詩歌實驗在材料與媒介上更具特異性。同時，他的詩有力地拓展了『中文字特性』的範疇，讓邊緣的東西入列。陳黎欣然接納『隱字詩』／『諧隱詩』此一邊緣類型，不僅將之提升為高端文學，還不時刻意表現出不遜、甚至粗鄙的語調。他如是改造劉勰在《文心雕龍》中所指出的與『諧隱詩』及不雅幽默聯結的負面評價，將之逆轉為正面、值得肯定的文類。」

——《牛津現代中國文學手冊》
（ *The Oxford Handbook of Modern Chinese Literatures* ）

「陳黎的作品豐富多元，堪稱現代漢詩史上最雜糅的詩人。從政治諷刺到魔幻寫實，從抒情詠懷到插科打諢，無所不包，無一不佳。近二十年來他表現了突出大膽的實驗性，諸如雙關語和諧音字，圖象詩和排列詩，古典詩歌的鑲嵌和古典典故的改寫等等。然而，他並非一位標新立異的詩人，而是在為他龐大的題材尋找最貼切的有機形式。」

——洪子誠等編《百年新詩選》

目次

輯一：有人

一百擊

1
我
食我
餓！食我
希聲／犧牲
公開的餓意
食言之寺而肥
咬巨大空洞成材
殺時間烹時間之書
目光遲滯翻風景成頁
宇宙無管理員的圖書館
冥王星由行星矮為小行星
它曾是書坊懸吊於我的冥想
耳垂此際垂掛的是銀色的思念
廣大銀河系對儲存於記憶的銀行
你記憶銀行裡微小款項利息的追討
風如是，略帶著抒情風，從風景脫身而出
從空洞的午後把銀色的木瓜籽吹灑向你
暮春之時，春服既成，冠者五六人童子六七人——
少年吧來坐，來唱歌跳舞，三溫暖你的五官四肢
頸以下臍以上是積雪的寒帶，以下是躁鬱的熱帶
她的體溫是欄杆，倚你於時間的斷崖如特技表演者
穿地中海頂整座帕特農神殿而出，多立克柱式之至極
破產的希臘重新又獲紓困，群星泅游於大海裡不腐如淚
啊，謳歌我們以雲朵以翅為帆，以浪為左傾右傾議員的鷗盟
德莫克拉西。寬坦的海。寬坦的食慾。更寬坦的海。更寬坦的食慾

公開的音樂。大音希聲。大象無動物園。無政府樂團。無國界廚房……
十三種煮鷗影的方法：大鷗無形，至大、至小的 O 型。Ω。O, my God
神借你神奇的鍋子，做為打擊樂器，上界的一擊，人間，人間
人間的我鼻尖的一百擊。體會，玩味，辨認苦與辛苦，甘苦
與辛苦，辛苦與幸福，時隱時現的萬種鷗影……如果你是
歐羅巴，如果我在亞細亞，品嘗距離的肌理，三杯雞
一輩子禁忌。翻鍋掀蓋，筷匙鏟杓齊擊，擊斃定義
象，如是從象形滑行出，成為音樂，成為滑翔翼
餘味猶在的萬種鷗影，食我，食我，無惡意的
公開的餓意，公開的音樂。希臘之聲。荷馬
盲瞳裡千萬沙粒般閃閃發亮的明喻
無光之目翻崎嶇海岸為史詩目錄
小亞細亞，聯結歐亞書架，聯結你
與我的吊飾。以小吊大，以詞庫
豐富聯盟行庫的撙節紓困
大音希聲。犧牲，以節制的
詩的音量，靜默的喧鬧
無人太空船遙傳回
冥王星心形地貌
只要一顆心在
是吧，無人能
宣稱其不
堪一提
或一
擊

註：陳黎 1978 年有詩作〈冥王星書坊〉。

11

2

他

人也

人也，他：

他和他和

他……他們如果

齊湧向地球的

一邊（譬如說南邊）

可能就構成了一個

男半球。他們絕大多數

時候是一元論者，或者是

１元論者（有些不免略為右

傾或左傾），總之他們一字堅持

下半球思考。１是最重要的關鍵

字：１生懸命。１路走來，始終擺盪如

１。１心１意營造１流人夫人父人子

形象，１不小心露出馬腳也要１馬當先

硬凸到底（「硬」是男半球最高美德，凹屬另一

半球），在１中各表，１分為二顧左右而言它或

她或他。他，也叫你或我或我們或人們。人們力求

表現，常常犯錯，常常說謊，但總是說：人也，誰不都是

這樣。這就是做為他的好處：人也，誰不都是這樣？誰叫

他就是人也。人之初，性本善，初之後自然就不善了。但偏

偏人們說要壞才有人愛，這真是太有趣，太可愛了。但他有

一個缺點，有一個矛盾，就是排他性很強。他，就是人也，怎麼還

排他呢？那不就是變成「自排」車了嗎？他媽的，你解釋給她們聽聽

她們最近流行出來選總統（並且當總統），說：他是一家之主，我們
是一國之主。她們不是誰的另一半。兩個半球在身，她們自身
具足，自己就是完整的全球。她們自然有她們獨有的特色
譬如奶，譬如媚，譬如嬌，譬如嫩，譬如嬋娟婆娑婀娜妖嬈
譬如妝……說的好！誰不喜歡看媚媚的，妝扮美美的美眉？
讓她當你的妻，你的妾，你的妃嬪，你的姊妹，你的姘
頭，你的婊子，你的娘（除了前面那位姍姍走來的
胖大嬸）……妙哉，女權立國，吾人甘迎母儀天下，為
其奴，其婿，其嫐，其娛，其助選委員（你嫉妒嗎？）
她們被稱為「第二性」，她們不在乎被貼上
2的標籤，不排斥二元論，誰喜歡1柱
擎天的候選人？陰陽雌雄牝牡誰先？
凹凸誰深，有容乃大？柔可以克剛
包容，讓硬動粗的他終於變軟
她們當然也有缺點，也使奸
也媾嫌，嫻言嫻語中夾帶
閑言閑語。壟斷了巫婆
尪姨禍水等行業和
相關童話故事與
連續劇發語權
她斷不是他
但亦人也
她，女也
女也：
她

二〇一五‧七

四十擊

1

埃

土矣

古埃及

用金字塔

換土石為金

王朝銀行存

時間於空

間誘人

彳亍

行

2

動

重力

何如輕

移心事讓

心散如阡陌

我的遊耕學

是潮濕的

水到成

心田

思

3

妙

女少

吾老也

五口亦難

言時間之妙

亮而為時光

我們闇察

其音每

日音

暗

4

晴

日青

所見皆

靚心青人

青情人其倩

雖不能餐幸

仍有短筆

苦揣長

舌甘

甜

二〇一六・三

15

與 AlphaGo 對弈

1 持 G 子的 AlphaGo

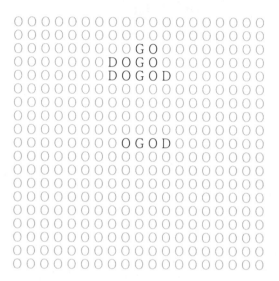

2 求讓三十八子

法蘭西飯店
　　白色浴室外
　　　　　　隔著聖麗莎小巷
教堂鐘樓
　　每隔一刻鐘響起
當　當　當　當
　異鄉人當安心

3 求讓二十七子

共和廣場

　　　日影　　　　燭影

　　　　人影

有三重光

　　　給美　給恐懼

　給回歸日常的

　　　眼睛

4 再求讓二十七子

　　　　　　　陳黎在巴黎

星海棋盤上

　　　　遠距落下

　　　　　　　　清晨

　　　　微明的

　　一顆　不完整的

　　　鈕扣

5 求讓一子

狗狗狗狗狗狗狗狗狗狗狗狗狗狗狗狗狗
狗狗狗狗狗狗狗狗狗狗狗狗狗狗狗狗狗
狗狗狗狗狗狗狗狗狗狗狗狗狗狗狗狗狗
狗狗狗狗狗狗狗狗狗狗狗狗狗狗狗狗狗
狗狗狗狗狗狗狗狗狗狗狗狗狗狗狗狗狗
狗狗狗狗狗狗狗狗狗狗狗狗狗狗狗狗狗
狗狗狗狗狗狗狗狗狗狗狗狗狗狗狗狗狗
狗狗狗狗狗狗狗狗狗狗狗狗狗狗狗狗狗
狗狗狗狗狗狗狗狗狗狗狗狗狗狗狗狗狗
狗狗狗狗狗狗狗狗人狗狗狗狗狗狗狗狗
狗狗狗狗狗狗狗狗狗狗狗狗狗狗狗狗狗
狗狗狗狗狗狗狗狗狗狗狗狗狗狗狗狗狗
狗狗狗狗狗狗狗狗狗狗狗狗狗狗狗狗狗
狗狗狗狗狗狗狗狗狗狗狗狗狗狗狗狗狗
狗狗狗狗狗狗狗狗狗狗狗狗狗狗狗狗狗
狗狗狗狗狗狗狗狗狗狗狗狗狗狗狗狗狗
狗狗狗狗狗狗狗狗狗狗狗狗狗狗狗狗狗
狗狗狗狗狗狗狗狗狗狗狗狗狗狗狗狗狗

二〇一六・三

註：AlphaGo（阿爾法圍棋、阿爾法狗），Google 開發的人工智慧圍棋程式，2016 年 3 月與韓國九段棋士李世乭對弈，連勝三局。寫此詩時我受邀參加法國「詩人之春」活動，住聖麗莎教堂旁巴黎法蘭西飯店，距共和廣場不遠；2015 年 1 月和 11 月巴黎兩度發生恐怖攻擊事件，無數民眾湧入此廣場獻花、點燭紀念。拙詩〈島嶼邊緣〉開頭謂：「在縮尺一比四千萬的世界地圖上／我們的島是一粒不完整的黃鈕扣／鬆落在藍色的制服上」。

金閣寺

鈐
鋨鉝
鈭鉯銓
鍂鈡鈫鑽
釟鈁銡釷銘
錵錡⿰金艾銆鉵釺
鐘鐺鋠鉸鉿銪鉧
鈈銠鋃錋銅銼鋹鈒
鈔⿱壯金釘鍒釹鍆鈉鉷鑠
鋨銶銛釾鐥⿰金身鈊銨鈤銧
鈅鏵鋿⿰金存釥釧鉑鏕鉻錞鎚
錛鑠鈽銥⿰金寬鉑鍬銫銋鉬鋜釶

二〇一六・三

註：此詩名「金閣寺」，全詩各字刻意貼金。「去金」後字意如下——「今我立此，以全金中文贊八方吉土，名花奇艾。百虫千童當辰交合，有母不老，良朋同坐，長及少，壯丁、柔女門內共樂。我求舌牙善，身心安，日光月華常存，小川、白鹿各享追奔樂，布衣寬白，秋色任目，足也。」

揚州大明寺平山堂遇「風流宛在」額

風一吹，你那
一點
（要黏不黏）
噴出來的東西
似乎就不見了

`

遠山來與此堂平

凸頂的山頭
禿頂為
平凡的 凵 槽

你多希望
一日
一夜

一世
一代的
風流
永在
於在

在現在
在每一個
如泡
如電的
凵 世代

二〇一六‧十一

註：揚州大明寺平山堂初建於宋慶曆八年（1048），時歐陽修任揚州知
州。正堂左邊有「風流宛在」匾額，出自清光緒兩江總督劉坤一之手，
四字中「流」字少一點，而「在」字多一點。堂北另有清人林肇元所題
「遠山來與此堂平」。

有人

有人在幼年切西瓜
有人在左臂切格瓦拉

有人在美國夢裡夢遺
有人在中土史裡流淚

有人紅衛兵
有人青椒炒牛肉

有人牛棚
有人馬雲

有人慰安婦能諒
有人拒絕負能量

有人普羅眾皮資骨
有人寬鐵紅粉單衣解惑

有人來電顯示

有人無故失蹤

有人每每政治正確
有人偶然誤入別人妻子內褲

有人美白如國歌歌詞
有人輕、薄如邊塞詩

有人屌得不可一世
有人欲屄上梁山而不可得

有人登高盛歎千里冰封大好河山
有人微軟一指按讚暗夜怯保手機小江山

二〇一六・十二

25

敬亭說書

相看兩不厭者
唯有眼前的敬亭山
與我

相聽兩不厭者
唯有敬亭與我，我
說給我自己聽（至多免費
默許我頭上好事多姿
之柳）而且百聽不厭

敬亭山腳下敬亭說書
我的腳本只有一個
非寫在鞋上襪上
更與那牽拖二十五史如
裹腳布的相聲雜嘴
大相逕庭

我借手語唇語帶電的目光之語
花語耳語──

你「聽說」過嗎
我用聽
說書，我聽即我說

我聽世界的河流
人間的河流
餐桌賭桌病床婚床楓葉烽火蜂巢上
深淺明暗涼燙，宇宙金色銀色絕色
曼陀羅花色的河流，帶著咆哮、鏗鏘
錚琮、琤瑽、悉索、窸窣、沙沙表情
流過我耳朵的峽谷，化為
飛鳥峭壁雨林星塵斷崖飛瀑
流霞鐘磬萬般聲籟

我的聆聽即歌唱，你們的
也是，如果你願意傾耳一
聽，聽你自己——
而不是聽我。妙的是
你們喜歡聽別人，特別是
聽我，我也
聽來聽去只是在聽
「我」

眼前柳影搖曳的這座

敬亭，全無困惑
它閒逸地聽我
彷彿聽它自己
我聽到它聽到我聽到我
胸壑間響著的一條小溪
蓮步輕移的白衣女子
行走水上，手持香水瓶
忽然間轉身憑空接一細柳
將柳枝細插入瓶中觸水
滴滴濺灑小溪，忽低
忽高，忽遠忽近（啊
她柳枝婀娜柔媚屈仰，我
頭上柳影亦不自禁顧盼搖晃
恍惚，如在夢中）
瓶水與溪水相遇處奇妙
點描出諸般光彩，彷彿百年後
你們在遠方法蘭西畫家畫布上
所見。她俯仰轉旋，愈旋愈急
彷彿水上芭蕾女伶傾全部美的
意志展開最後舞躍，屏息連續
轉體，令水瓶分身幻變（彷彿她
有千手）香氣四溢，大小色點
繽紛射放，溢出畫面
在我舌上迸出一朵朵蓮花

燦然矣，敬亭山前
旁若無人的自言自語

風這時暫停，讓亭外柳影
立正片刻，向我
也向它自己敬禮
讓這觀音、聽色
敬萬象眾念錙銖
珠璣語字的敬亭
留名於我的舌端

二〇一七‧一

註：敬亭山在安徽宣城北郊，屬黃山支脈。明末清初有說書人柳敬亭
（1592-1672？），揚州「評話」開山鼻祖。

朱安

我是朱安。
樹人先生的老婆
纏腳，不識字
但我識得他
洞房花燭，一夜
一世無事後
識他為我永遠的先生

家有一女，即是安
他如是說。
婚後三日
離我去日本留學
他把我當作古董
放在家裡，只看不摸
當他在京城的茶館
議論時事，談革命
良心，憂國憂民
當他去大學講課
和新派女學生調情解惑

他寫被欺負的阿Q，孔乙己
青梅竹馬的閏土，祥林嫂
奔月的嫦娥……
但沒寫過我一字
因為我不識字
他為從玩偶之家出走的
娜拉開示命運，教大家
認識費厄潑賴，fair play（
公平玩？好好玩？）
啊，我多希望他玩的是我
而不是別的女人

我三從四德，外加無才之德
是前朝、舊時代遺物
也是先生今生的活遺物
一生被他所遺忘

他或也有想到我，喜歡
我的時候，喜歡我的手
為他端來的熱粥糊和我
從八十里路外稻香村買回的
糟雞，熟火腿，糕點或者我
託紹興娘家小弟去東昌坊口

咸亨酒鋪買來寄給我磨碎後
煮進粥裡的鹽煮筍和茴香豆

家有一女，即是安。
他安我於室
自己不安地流落他地與
識字、識時務的她同居
狂人日記。朝花夕拾。
野草。彷徨。吶喊……
我無一識得
但我的心也在吶喊

我生是魯迅的人
（雖然不是他的女人）
死是魯迅的鬼，被
他的女人強以魯迅精神
以魯迅的魂
匆忙收殮，埋掉，拉倒
連墓碑都沒

我是朱安。
我怎麼會如你們所說
一生不安，諸多不安
我求用好壽材，與

先生合葬而不可得
但至少許我回到
廣平的大地——
廣且平的大地啊
我怎麼會不安？

二〇一七・一

註：朱安（1878-1947），浙江紹興人，1906 年奉父母命與小她三歲的
作家魯迅（周樹人，1881-1936）結婚，有名無實。魯迅 1927 年與女學
生許廣平（1898-1968）同居，至 1936 年逝世於上海止。

烈婦裂衣指南

以四維羅之
以秀言誘之
趁良月朗潤夜
双双車轍密林外
借寺旁言詩之名，雙聲
疊韻，行林下示禁之實：
「暖男訥訥念妳奶，
拿捏挪弄腦難耐⋯⋯」
山端而立，心正怔忡
伊人口白心怕
又回吾言語如下
「懊惱徒凸凸，
悄悄盼攀爬。」
則知其口不否
心亦恋。此時
雖色豐艷於前
手莫亂摸
口勿亂吻
必言皆諧

去其心之怯

待心有所欲

慾火烈燒

裂其一列列矜持之衣

口垂唾，饕餮之

包食飽也！

　　　　　　　二〇一七‧一

咖啡史

孔子沒喝過
墨子沒聽過，但他張
口說
加我為基友
非攻

我們透過它學習和
異國情調調情，學習
愛屋及烏：咖啡壺，咖啡杯
咖啡豆……兼愛，多元成家

濃縮所有未體現的想像於一杯
濃縮咖啡。拿一支鐵湯匙
攪動兩下今天的拿鐵

隔壁的歐巴桑走進來用台語說
她要一杯黑咖啡

Oh, God, be...

畢其功於一役，畢一日所需之體力
精力於一杯，噢神啊
提起你就等於提神嗎

星巴克在我家前面
神罷課，趁你分神
偷喝你咖啡

二〇一七・十二

註：台語「黑咖啡」，音近"oh god be"。

眼科門診史

姓名：阮籍
我目中無人，因為
光彩奪目

我一邊青眼
　　　　　（海東青
的青）
一邊白眼
　　　　（白令海
的白）。中間
　　　　中間的我
　　　　　　是海。汪洋
恣肆胸唯點墨的海

我安步當車，在我的
稿紙，琴譜
撒豆成兵，撒兵成
戰爭交響曲

人稱「阮步兵」是也

徒手，徒行
以手指為步槍
目無比賽規則，標靶
評分表豈為我輩而設也

目空一切，為詠懷故
為詠嘆塵世中游離
瞬逝之萬物，又挪移
停駐目光
讓一切槍下豐美

診斷結果──還好
一切無礙，不是
青光眼或黃斑眼
堪依我本來面目

二〇一八‧二

人類簡史

肉
ㄟㄟㄟㄟㄟㄟㄟㄟㄟㄟ

二〇二〇·六

雨：最美麗的銀幣製造機

雨雨雨雨雨雨雨雨雨雨雨雨雨雨雨雨雨雨雨雨
币币币币币币币币币币币币币币币币币币币币

二〇一七・一

註：「币」為繁體字「幣」的簡化字。

晚課兩題

1 翻譯課

美的罪過是永恆的
玩具：我有罪，我
背錯單字，我記錯
年齡，分不清濟慈
葉慈，現在式過去式
我為了雅，為了美
為了達我所欲達
而背信，毀義
我把稍縱即逝的飛霞
誤譯為樹蔭下的磐石
我粗心因為驚心，我
大意因為不敢大義滅親
除三害，除至親的自己
我弄錯詞性，把握不住
迷逃或蜜桃的本質
我咬了一口又一口桃
偷了它的香，吃了它的
色，始終沒有把味道

翻出來。我重修翻譯：
美的罪過是永恆的
成人玩具──

A sin of beauty is
a toy for adults forever.

2 自修課

自己做自己的，不要
吵到別人

不要吵到
幫仲夏織聽覺的窗簾的瀑布

不要吵到午後水邊偷情的
兩隻蜻蜓

不要吵到
苦思改蛙泳為蝶泳的青蛙

不要吵到
靜靜準備自學能力鑑定的自行車

準備插班考的迷雁的航班
準備跳級入禪學研究所的蟬和芭蕉

自己修自己的俳風
不要吵到晚風

　　　　　　　　　二〇一五‧七

註：詩人濟慈（John Keats）有詩句"A thing of beauty is a joy forever."。

無言歌

牙痛與新月一夜陣陣增輝
老嫗枯指下少女的琴音流瀉

病後的宇宙坩堝，綠豆稀飯上
一點點細砂糖：足夠甜蜜

啊音樂，音樂！不插電，從
一顆心荒廢的杏核裡重新回味

曾經長舌搬弄土星腰環造型色澤質地
如今但求短指偶觸衣襬風中輕曳

還有你，還有你！還有格物的
雲雲遊的僧衣裡被掰開的破格的藍

一隻不知名的鳥（它也不知我名字）
推來幾道新出廠的可摺式音階

一半為了引誘我們爬上樹找它

一半替換季大開張的春天做廣告

二〇一七・四

風景 No. 3

畫面上看到的是童年小學
後門外幾棵小葉欖仁樹
樹葉是時間的腳步
做為一棵從初春到仲春
從仲春到春夏之交每日
在自己身上出境入境的樹
它從不問要出發去哪裡
風吹時左邊枝椏上一些片
鮮綠的樹葉輕輕晃動壓過
右邊枝椏上一些片樹葉
又被右邊枝椏上一些片
樹葉輕輕晃動壓過，一葉
一葉，像一夜夜他輕翻到
她身上又被輕翻上來的她
輕壓……啊幾乎是出身
不高的它們一生所能抵的最
高點了……從不問要
出發去哪裡，兩三棵小葉
欖仁樹，沒穿過小夜衣

沒唱過小夜曲也許也不反
對被叫做小夜欖仁或懶人

　　　　　二〇一七・七

溜冰課

秋天的月光，和
春天的月光一樣
穿的是月光牌
溜冰鞋

今夜，我感謝它
跳過情人遠去多年的
對面李小姐的窗台，且
無視隔壁巷子幾戶人家
水池的漣漪和笑聲
以我的心為
溜冰場

它知道它夠空曠
足以容納它一路上踩到
黏到的悲傷，並且可以
讓它從容撥掉星塵
更換不同顏色、溫度的
鞋帶，一一擊退前來

挑戰的歷屆花式蝶式
告別式不告而別式
冠軍

「啊，是宇宙杯冠軍了！」
「小聲點，」它說
「是小宇宙……」

二〇一七‧九

〔台北101〕

由此進 →

52

台北 101

！
萬歲
101
台北
中華
稱為
灣暱
在台
民國
中華
期待
（難）度
高
許寶島純美
賴宅神清德
雲。多乾淨的天空之宅啊
們存摺裡浮動利率利息：
某個榮字飛字的一撇。我
淚熱情疲憊：牆壁標語
航空航海線。我們的汗
：地圖上幾條鐵公路線
旅行明信片戰地家書
我們共同的家庭相簿
子在地理課本祖國風景照
修為山腰的綠幾棵樹的影
你們的形貌我們的形貌被
逗點在歷史課本某一頁
你們的名字被印成一個
空的螢幕看我們的名字
透過時間編輯器在天
多亢奮啊，越登越高

徵未來之窗的室外觀景台
樓室內觀景層，91 樓為象
86 至 88 樓觀景餐廳，89
大樓，85 樓商務俱樂部
融中心，6-84 樓為辦公
4 樓為購物中心，5 樓金
地下 5 層其中 B1 至
台北 101 地上 101 層
媽，名產名牌包名牌櫃姐
暇給的紅男綠女，婆婆媽
快快樂樂，才對得起目不
出來玩，就要活活潑潑
他當場僵屍般楞在門口
比較重還是七情六慾？
急便小哥寄四書五經
有次我問送貨來的宅
讓遊興正高的大媽們困惑
但一句話也沒說出，免得
的異鄉人？我想到這些，
抗它，成為自己土地上
不成文的法條，或者抵
學習熟悉它狂亂、瞬變
力顛覆出的新政權，
啊，我該投入它以暴
並且拒絕一切邦交與簽證
躁動、帶刺的鄉愁為國界
鐵絲網，也在我體內，以
鏗鏘作響的拉起透明的

境上的旅店，雨在窗外
我的小樓忽然成為邊
幾週前，一場暴雨讓
是玩物，時間的玩具……
我不是王，是玉，是名詞
王，是元首，玩最大，但
但他繼續說不停，玩是
女學生們吐舌說神經病
玩笑，我玩世！路過的
火，玩死？啊我只配
大？玩命，玩法，玩
傾左傾的凸凸？玩什麼最
或者右傾左傾的凹凹，左
凹凸一番，玩一玩如何？
箱說以右傾左傾的凸凹
聲？他坐在紫色的旅行
不要聽他玩一段單口相
問每個經過的人，要
那個戴小丑帽的男子
噢彩虹頻道的節目很那個
治全世界。有位太太說，
顏色做國旗，一定可以統
國家很聰明用彩虹的七個
褲的老先生說，如果哪個
等電梯時，一位穿短運動
揮舞，有人持車輪牌靜坐
有人持五星旗於樓外廣場
斷自拍，好個花容故作失色

我有懼高症好刺激啊，並不
聞正妹以手機向遠方友人說
全球最高樓，惜今已不再）
遊於此名勝古蹟（啊曾經是
未預先揪團，素昧平生，同
大媽三四人，正妹一兩枚，
自行 google 一下意思），偕
子六七人，冠者五六人（請
日頭很明白，風很清楚）童
日朗風清（翻成白話文就是
三不知玩啥小小王就在你身邊
情敵傾你的家蕩婦蕩你的產小
政黨蒸你的膽年金捻斷你的筋
無憂國家摑你的臉民族煮你的命
由此進 → 賣血也要血拼賣國也要國民旅遊

二〇一七‧九

宜蘭二題

1 龜山朝日

龜山島——
永遠不會在龜兔賽跑後兔脫
而去，我們兔起鶻落的台灣島
造型獨一無二的 3D 門鈴

昨夜，星子們與月光
送來的高脂、低脂牛奶
島嶼南北各地小寶寶們
加熱喝完甜甜入睡後
有些，賞味期限未過
被夜央後海邊依偎流連的戀人們
妥存在記憶裡適時回味
有些，拂曉前仍四處輕顫留香
引誘早起的鳥兒垂涎
而自認忍了一夜奶臭的太陽已等不及
性急地大力按鈴，將紅澄澄、金閃閃
且帶著些許龜鈴膏味道的一大桶一大桶

柳橙汁果菜汁快遞進太平洋裡
讓與物流公司長期簽約的一波波
海流，及時將它們宅配到你的餐桌

等你們色香味俱足後
它又去參加它一日一度的龜兔賽跑……

2 石港春帆

啊，龜山島那隻烏龜
參加龜兔賽跑，已經不是
三天兩天的事了

從一百年前看我們烏石港
春帆日日齊動，揚眉海上
它就心動了

它把那一片片移動的帆
當作奔跑的兔，每天偷偷
加入水上田徑賽的行列

雖然每次都似動非動
龜速前進，但趁對手
入夜歇息修養兔唇
它不眠不休暗行……及時
到達一心嚮往的目的地
漂亮奪標的，總是它！

它嚮往的目標是什麼？

當然是我們烏石港啊……
你沒想過港灣內那三塊巨大
礁石，為什麼越來越黑嗎？
被龜山島那烏龜，巨大的
身影——烏影——壓得變成
烏石——黑礁石了！

據說最近它遠遠盯著港邊
沙灘上兔男兔女衝沙衝浪
它心動得更厲害了
巴不得易容登岸，找間旅店
泡泡溫泉一洗往昔龜毛之病
看有沒有機會豪邁泡個兔美眉

二〇一八・七

註：烏石港，位於宜蘭頭城，因港內有巨大烏礁石而得名，往昔為台灣
東北部出入門戶，今為觀光漁港。龜山島距烏石港約十公里，亦隸屬頭
城。蘭陽八景有「龜山朝日」、「石港春帆」。

素歌五疊

你眸光的雙杯裡
有葡萄酒晃漾

啊原諒我們嗜紫
互咬的葡萄牙

　　*

白內衣內你
身體的白話詩

雪的銀碗裡
月光凝成乳

　　*

風裸身騎
透明小馬來

拂我臉的是
馬尾或風尾？

*

雲朵們悠悠哉哉
出入雲朵們的白宮

沒有哪一朵雲
想過要選總統

　　*

簡明插圖版哲學史：
秋水在莊子秋水篇

秋水在我們庄子裡
整夜閃爍的水塘裡邊

　　　　　　　　二〇一八‧十二

輯二：在家

七星譚

【日曜日】
我去了七星潭。我想跟你談一談
我忽然發現那些浪,比我們更早就
戴了口罩(啊白色的,防水的口罩)
它們也交談,擁抱,甚至接吻。但怎麼能
自主管理得那麼好?那麼親密、恆久又
不會亂了套的社交距離,性交距離……週而
復始,在海床上,有序而激情地群交,雜交

【月曜日】
我的父母親,今年加起來一百八十歲
雙親如雙星,高照浮世上的我,讓過了花甲
之年的我這個花蓮路人甲想變老、稱老,都
變得有一點難。就光此感覺或感覺此光,也沒
搞清如何月曜日或星曜月,昨天去星巴克買了盒
蛋捲分一半拿到上海街給他們。今天電話裡母親
說蠻好吃:有起司、巧克力、紅茶三種口味……

【火曜日】

我想到哥雅，法雅，佛萊明哥。兩顆心啊
四隻眼睛。身體裡面有一塊西班牙或吉普賽
時間區。有一塊熱帶氣候區。兩顆眼睛燃亮
兩顆眼睛，一顆心被另一顆燒成火星。可以
愛嗎，媽媽？可以被燙、被燒，像一顆珍貴的
寶石，而不必打電話給消防隊嗎？附贈的
眼淚的珍珠多奢侈啊，那男孩那男孩的黑眼睛

【水曜日】

她留下的香水瓶居然是錄音機，不然
打開時，我何以聽到一條暗香與
欲望的二聲部賦格，從中流瀉而出？
是宵與曙之間最美的春夜嗎？春江
花月夜，撥彈你的嗅覺、聽覺、觸覺
四目、四肢相抵的顫音，琶音。嘆息的
浮水印。香汗。記憶的圓滑奏……

【木曜日】

我用牙籤刺提款機，刺電梯，一層又一層
木已成舟，在陸上航行。捅了一下
南柯下的蟻窩，用掉了最後一根仙女棒
只好學習甘於下凡。雖然只匆匆一瞥，我

確定蟻窩裡堆滿了一艘艘臨時被取消航班的
方舟。啊，那些樹那些樹，我要守住一棵
做牙籤，刺向可能忽然從雲端下傳的星空之梯

【金曜日】

陽光是我唯一信任，不會貶值的黃金
並且它是那麼善意地不迂迴假手分行
直接在營業時間內從總行把最新上市的
金磚、金條、金絲批發給你，也打消了我一度
想搶劫轉角銀樓老闆娘乳鉢間垂掛的金項鍊之
計畫。它說可以用金剛經跟它換金飯碗或者用
金婚換金縷衣，我說等等，我先擦一下萬金油

【土曜日】

聽說遠方那位行長總喜歡繫一條腰帶。還蠻
繁文縟節的，不過是區區一個分行的行長罷了
但據說它也不是那麼趾高氣揚，常常鼓勵大家，說
「自媒體」時代每個人都可以自成一體
不必在意長期壟斷的它們「九大」，快樂做一個
小行星的行長。啊，我同意！但我不滿意目前分配
給我的工作只是翻日曆，從日曜日又翻回日曜日

二〇二〇・四

六言

1

汲　咖啡　一兩口

喜　雨後　山漸綠

侍者　少艾　三人

座椅　十九　仍空

高窗前　手機靜

晨歌中　趾輕動

2

數　舊傷　刀居多

有　明暗　率無痕

觸景　偶生　新痛

自動　分類　回收

春風刀　巧笑刀

奪魂刀　斷水刀

3

遇　一隻　藍蜻蜓

有　一具　輕引擎

暈眩　浮於　浮世
複眼　俯看　眾生
兩萬隻　小眼睛
模糊出　藍心情

五絕

1
很慢地，我們方驚覺說好快……

2
曇花們聚在一起，安然、公平
而驚艷地看彼此曇花一現

3
他們規定記憶要比一滴淚小
以便離鄉的遊子、失戀的浪子／浪女
能夠將它寄存在一滴淚裡……

4
你因為我思想有問題抓我
抓走我的頭吧
讓我成為用良知認路的
無頭騎士

5

不節的母親們沒有母親節，無法進入母親節官網
沒有填好每一個空格，為他或她填入正確的 ID
也許填了婚戒型號但未經驗證，也許認可你對
他們的慈祥、懸想，但父不詳。康乃馨貼圖只發給
完整得冠的母親，瑪麗亞瑪麗亞亞們永遠屈居第二

二〇二〇‧六

註：標題中的「絕」字，近「斷」（簡）、「殘」（篇）之意。

南朝

我的江山只剩下
百貨公司南面側門前
四分之一個足球場大的
矩形廣場了
晚餐後，兒童
直排輪課開始前
獨自巡繞其四界
總是在走近
臨卸貨區角落處
一陣桂花香入鼻而來
一圈又一圈徒步
一次又一次暗襲
我忽然有一種春日
下江南或行幸
離宮御花園的感官
帝國感，感覺
一個南朝，以嗅覺
為柱，隱然再起……

二〇二〇‧十

晚期風格

螞蟻，從餐桌，從牆壁縫隙
爬上我的手臂，藉離席的
祖父母們笨拙留下的肉屑
麵包屑，點點星星定位、
搬運困鎖於我胸間一隻
大象白稿紙上的象形文字
與巨大、笨重的精緻
彷彿為漸入晚輩的我等
晚輩搶先示範發掘
去形存神的晚期風格

我輕了些，也空了些
感覺充滿食慾，但不覺餓

二〇二〇・十

百姓

百姓老了，變成
老百姓

他們的朋友也老了，變成
老朋友

他們談戀愛的地方也老了，變成
老地方

他們日度月度的時光也老了，變成
老時光

他們的天真也老了，變成
老天真

他們怕老的毛病也老了，變成
老毛病

他們不時抬起、低下的頭也老了，變成

老頭

但他們頭上的天沒有變得更老，還是
老天

他們每日的閒談沒有變得更老，還是
老生常談

他們熟背的舊時王謝堂前燕沒有變得更舊更老，還是飛入尋常
百姓家

二〇二〇・十

發音練習

ㄅ

半杯刨冰比八百爆兵寶貝
筆比鞭——敗筆不敗

豹比彪炳、斑駁報表寶貝

ㄆ

怕偏旁批判拼盤
怕翩翩派批判普普派

ㄍ

高官高
高冠高
高貴高跟高

高更，更高

ㄓ

主張終止執政者種種腫脹裝著／著裝證照

ㄖ
日日仍然忍
日日仍然人

ㄗ
字在：自在

ㄟ
美
催淚
為窺
美背
賠罪，
配對
尾隨
黑翡
翠輝
卑微
墜
‧
‧
‧
‧
‧

76

ㄡ

柳求偶

舟悠遊就誘

幽留久久……

ㄋ

岸

邊看遠帆

邊暗嘆：

安姍姍返？

嵐纏藍山

晚天慢慢斑斕

岸──

岸然

ㄣ

神敦聘

純真嫩雲任

近臣，噴文

今晨雲繽紛

文渾沌

本粉人笨
詢問群粉

紛紛云：
春臨

ㄤ

涼糖爽嗓，仿
唐璜荒腔狂唱，妄想
誆江鄉蕩娘上床
江光晃漾，當窗
張望伴賞──
兩魑魎！

ㄨ

悟無，吾
舞：
無誤──
霧挽我舞……

復浮入杜甫，母豬，露珠，土著鼓
吾五物逐霧互拂膚
獨舞

無誤──

五物，獨舞，如無物……

ㄩ

願永與月預約越雲垣

越獄愉悅

二〇二〇・十二

擬古

—— 仿 Sappho

他趁我醒來，尚未全然睜開
眼簾時，破窗而入
把閃耀著碎玻璃片的金拖鞋
掛在我床頭
在我掀開羽絨被時
讓我的身體欣然見

光

   *

我的少女時代啊，我的少女時代
他讓你離我而去
在空缺、裂隙處替以一「妙」字

   *

我不知如何是好
我心生

     邪

      念

他的牙在我耳中

閃爍白光

像他白色的謊言……

二〇二一‧五

擬古

──試答 Z

「厭倦」是據說成本三瓶五元的（無味無色無形）噴霧劑
作為人的一生，被造物主強迫免費配給，適時自動噴用

有時，我們將其與慶典盛宴中香料群島舶來的胡椒粉
或結婚紀念日天黑後浴室的芳香劑混而為一

你曾經強烈懷疑它可能是用來包紮我們思想的包裝紙
用久了會髒，得不斷換一下，噴一下

有一次，它把你的思想噴得很遠，幾乎
到達死──想死

你用剛舔光一球焦糖冰淇淋的你幼年的舌尖把它捲回來

現在你知道有些東西，譬如浪，為什麼
捲來捲去了

因為它們不想就此死在岸上，它們記得
相同（又不相同）的泡沫冰淇淋、泡沫奶茶的滋味

它們不曾說出。作為浪的一生
它們的長舌只舔，不說

而我不知道，作為人的一生
有沒有我們的舌頭，語言，永不厭倦到達的同一個地方

我不厭倦問這個問題

二〇二一・五

擬古

你派遣一列音符去追察
去夏峽谷崖邊紫陽花的蹤跡

它們上上下下，在我心的吊橋
輕盪出，很慢很慢，方
辨認出的一小段忐忑旋律

攀崖是危險的，涉水也是
在吊橋上回憶在吊橋上對你
胸際等高線的凝睇，更是

而繫錯了鞋帶顏色的
時間的腳步是持續的……

夜裡，當然露水滴，星光顫
它們點點滴滴，鉅細
靡遺地，盡責但緩慢地傳回

一顆顆珠璣相撞時的表情圖

——最大的一包用了壓縮檔
你動員了額頭，眉尖，鼻樑

合力解壓縮：一顆淚珠
從你靈魂滑出又墜回你的靈魂

二〇二一‧五

擬古

老子出關——
穿了一件牛仔褲
自以為牛逼地
只帶了一支手機，充電寶，信用卡
上衣口袋前別了一個
小青牛胸章
活像一個老嬉皮

關守尹喜攔下了他
要他加自己為好友
出關後逐日發一條
信息報備：所到地
何名，經由何道路？

第二天他果然貼文：
「道可道，非常道
名可名，非常名
無名天地之始……」
他到了一片無名的天地

不尚賢，不貴難得之貨
不見可欲，而且居然
不用信用卡、支付寶
只能以物易物

以沙地為紙，手抄三十字
手機中胡言亂語（你們稱
說是《道德經》？）換
三品脫低脂牛奶：
「有無相生，難易相成，長短
相較，高下相傾，音聲相和，
前後相隨。」啊，連標點
符號，剛好三十個字

夜裡，被要求觀男子以其
長處自高處自下處與下處高處
女子前後短處相較，相傾
易得一餐一宿
啊，窺淫，不道德，也
可以當飯吃，當枕頭睡

尹喜留言，問耳大如你
如何能耳目不亂

收到回覆如下：
「視之不見，聽之不聞
混而為一，是謂無狀
之狀，無物之象
是謂惚恍……」
啊，以無易有，若有
似無，惚恍恍惚
浮枕無憂，又一日也

老子出關——
充電寶沒電後，據說
莫知所終

二〇二一・六

片刻的音樂

── 給 Henry Purcell

片刻的音樂
將讓一切憂慮暫別
詫異何以痛苦減輕
不敢輕信這愉悅的感覺……

　　　*

兩個戀人隔著遙遠的星空
視訊，因一件小事
突然爭吵，僵住：
倚著天琴座截聽偷聽的天使
忍不住，以一個分解和弦
幫他們解開心頭的糾結

　　　*

小鹿到夜間飲水處飲水
暗影給它們自動傾斜的紙杯
讓因夜涼變得更涼的
天水，不致屢屢濺濕它們
沒有繫圍巾的脖子

讓媽媽不在的它們著涼

　　　*

何以回報這形而上的慈悲？
詩人在書桌前反覆以筆尖輕擊
桌面，他的馴獸師室友
丟給他一張隱形桌巾——
看不見的稿紙上，金粉點點

　　　*

是可怖的連續地震，啊強震
仁慈地把金粉一次次震出窗外
在我們奪魂而出遊蕩一夜又
驚魂未定回家的路上，發現
點點顫抖於頭上的燙金的星光

　　　*

你也趕來聆聽每年夏天
星子們易地（或易空？）
舉行的露天音樂會嗎

演奏的很像是你的三重奏鳴曲
但第一聲部星光的漸強奏
和第二聲部間隔了好一些光年

照樣巧妙地完成對位。你說：
非我所寫也，歷時演奏共時
聆聽，露天房間裡的室內樂
能穿越此悖論者其唯天體音樂？

　＊

Music for a while——
我說亨利你好壞，此刻
此瞬間教我們成為共犯
以一根音樂鑰匙快閃齊入
時間銀行，共亨利享利息

二〇二一・八

註：亨利・普賽爾（Henry Purcell，1659-1695），五百年來英國音樂第
一人，精妙掌握詩句抑揚頓挫，詩人的最知音，短短幾行，音調婉轉，
一唱三歎，彷彿彗星般流瀉自外太空，絕頂迷人的仙樂。〈片刻的音
樂〉（Music for a While）為其著名詠嘆調。

中央山脈七景

1 高架橋上的禮節課

從家門口左轉
駛上高架橋
光潔，條狀的雲
為眼前中央山脈
藍西裝結了一條
飄撇的白領帶
我竟不知它
這麼彬彬有禮
注重儀表
慚愧自己沒有
時時把一團
皺了又臭了的
心情洗乾淨：

心情是內衣外穿

讓心情漂亮
亮相，是對
世界的禮貌

2 寬螢幕

范寬，透過山腰上
國家公園遊客中心寬螢幕
搜盡奇峰打草稿

良寬，和我在
此處市區百貨公司
廣場水龍頭下

洗他的小缽和
我印有太魯閣峽谷
風景的馬克杯

一個馬克杯有多寬？
足以裝自帶杯子減
十元的中杯每日咖啡

以及一日份
峽谷澗水鳴與
遠山光影

也有一個峽谷在我
體內，收容自杯沿
墜崖的唇印與滾石

有些石頭滾不停，致
我的腸壁瘢痕累累
奇怪的是居然也生苔

醫生教授指著寬螢幕
上的 X 光片
說它們的學名叫躁鬱

小偷偷走睡眠中良寬的
衣服和棉被，手下
留情，留下窗外的月亮

讓別無長物的他
斗室更加寬，富擁
一室月色和坦然

來偷我吧寬大的小偷
偷光我的躁和鬱，偷光我
小小的壞和大大的慾

我的身體沒有裝監視器
只有讓范寬上傳
谿山行旅圖的寬螢幕

我知道我體內也有谿山
和線上旅行團
以及不忍卒睹的惡地形

每日迎進杯水車薪雨水
陽光車聲來電答鈴，以及
占其最大面積的　　空無

3 父母在

中央山脈，遠遠地
三千歲，三萬歲……

我的爸媽和我
三個人，合起來
兩百五十歲

共享兩杯咖啡
一塊輕乳蛋糕

父在母在
我在的這個
秋日午後

我幫母親洗她
慣用的保溫杯

小山般

放回她的
梳妆台

4 橋下的人們

山麓下，砂婆礑溪東南流
迂迴穿平原而注於海

一條橋連結了考古學與測量術

在沒有橋的橋下
一個撒奇萊雅人曾經在那裡釣魚

落水的魚竿自河下面
時光之流飄流上岸後
成為不遠處地方法院門口的旗桿

在沒有橋的橋下
一些漢人曾經在那裡網魚

他們的視網膜一度膨脹如沖積扇
忘了及時收牢誓約的綱

橋這邊現在是公墓，運動場，醫院
和一座小學

橋那邊漁網碎裂得只剩下
四維八德的斷繩

而遠方的海依舊恪守諾言
答應把生活的破網變成互聯網

5 雲朵們的書法比賽

這次，可不是禮貌地
結成一條領帶，謹微慎小
飄懸你胸前
而是不拘小節，爭奇鬥妍地
把我們自己，團團潑灑、
書寫到你的山頭
到你山頭上的藍天──
對，揪團！
大規模、大規模的棉花團
藍棉紙上象形、會意的棉花團

你們說：「疾行的雲缺乏
塑造雲峰的見識」
那我們就停在那裡
像白色的潑墨畫
像雕塑，像氣度
像靜立、靜坐、靜臥的行為藝術
像天書

6 一個人的童玩節

把綠積木的三座山
搬疊重組成不同色澤的
綠積木的三座山
從午前到午後
同樣的位置
一個人的童玩節

一個人的益智遊戲
空間與時間間奏竊聽
人面桃花笑聲辨識
人生幾何代數練習
童玩節，周年慶、日日慶的
童心或痛心未泯的

玩什麼？時間這老玩家
教你把你這個童玩玩成頑童

7 牆

而最終我發現，你是一堵
長長的牆
擋住我離鄉背井的去路
頑強地讓我感覺
我在家

遠遠地，我看到
倫理的電纜
道德的隘勇線
春夏秋冬色澤略異的月曆
時間的縫隙中滲出的壁癌

你讓偶而飛過的軍機以一道道白煙
幫忙標識屋頂高度
讓路過的雲，值日生般，每日更新
貼在你胸前的標語，或者
家訓──

不必借助保全系統的大海是我們的家門

二〇二一‧十一

註：飄撇，閩南語瀟灑、帥氣之意。范寬（約 950-約 1032），五代末、
北宋初山水畫大家，有名作《谿山行旅圖》；良寬（1758-1831），以
小缽乞食的日本禪宗詩僧、書法家。撒奇萊雅，世居花蓮奇萊平原的原
住民族，目前人口數約千人，「奇萊平原」、「奇萊山」的「奇萊」兩
字即由其而來。

在家

—— 跟隨 W

在沒有時間
沒有贏家、輸家的地方
他在家

所有輕盈、不占空間的
點線面，所有的寂
都是家具

流星雨是窗簾
黏在上面，一閃而逝的
是最近的鄰居過門不入的留言

二〇二二・一

指甲

指甲是晶瑩的微墓碑，隱現著
我們不知名的祖先們從
遠方上傳過來的他們的墓誌銘

我們的兩手兩腳：
東西南北，四座各擁五片超薄型
手提墓碑的墓園

我們握筆寫字，握箸吃飯
讓離散久久的兩三祖先，透過
微／偽名片，片刻間重聚

假使我們的指頭因久握
滲出汗，切莫追問是
其中哪一位流下了眼淚

我們洗頭，洗澡，讓五指甲
與五指甲，五趾甲與五趾甲，在搓揉出的
洗髮精或沐浴乳泡沫中帶領

我們的二十位祖先混亂地
大團圓，雖然時間
短暫，他們一定欣喜無比

更何況不乏富創意的孝順子孫，爭著
彩繪指甲，以蔻丹，以凝膠，以
水晶粉，打造出色彩繽紛的立體墓園

我們握拳，合掌——切菜，打傘
扭轉臥室門把，滑動滑鼠，拉開窗簾，輕握
方向盤，祈禱，緊握卡拉 OK 麥

沒有特別注意到他們墓碑的
互叩聲，或者墓草悄悄
在墓誌銘上方，長——長了

我們一個月裡有好幾次
清明節，割墓草，把冒出頭的
指甲剪掉，且略加修磨

記憶卡般，格式化每座
甲片，淘舊鑄新，迎接一批接一批
不知名祖先們的墓誌銘

他們的暱稱（啊，根據某一本
已失蹤的祖譜）可能叫：
指甲，指乙，指丙，指丁⋯⋯

二〇二一・十二

致春秋閣下書

親愛的春秋閣下：
我在我成長的上海街老家附近
春秋閣下面走廊，趁暮冬大寒
尚未來襲，冒昧給你寫這封信
花蓮春秋閣在福建街忠孝街
交叉口，最早名春秋閣妓女戶
然後改為茶室，然後是眼前
這家大旅社。小時候看它招牌上
寫著「美女如雲，包君滿意」
心想我們又不是一國之君，只能
好奇、膽怯地遠觀，有一次獨自
勇敢溜進去五秒，出來時見門後
寫著「謝謝光臨」四個字——
啊春秋閣下，我們才應該謝謝你
春去秋來，一次次地準時光臨
這世界。或者「你」是複數，是
雙胞兄弟、兄妹、姐弟或姐妹？

春秋，誠大事也。你的生，你的

長，你可能的老與死……我不知
你誕生後已經歷多少春秋？是那
叫孔丘的春秋時代人，刪定了
一本《春秋》，以之命你名嗎？
他們說春秋即歷史，啊歷史這
人造的東西真讓人頭痛，不如
你來得自然。春秋，誠大事也
春亦是，秋亦是，連你們的近親
（或遠親，或讎敵？）夏和冬
亦大事也。不是嗎，夏天的時候
我們喜歡和喜歡的人一起散步吹風
吃冰——啊夏日，艷紅冰涼的
笑聲：一片西瓜。薰風拂我裸體
唯一的遮蔽物：松影……真爽啊
夏日綠風吹書案，白紙盡飛散
讓放暑假的我們放空一切寄出愛

冬天讓我們感恩。風吹來足夠的
落葉，可以免費生火。母親們
一針針縫製衣物，歲末夜裡
將它們連同自己折疊入夢——
外面是寒流，裡面是爐火，啊
我們的家。更好的是如果有雪

讓花色雪色混而為一，激發我們
輕眼重鼻，憑香味辨認梅花位址
它們蓋有年矣，夏和冬，和你
歷經一樣多的寒暑但名號沒你響
多響亮啊，你的春雷春光，一夜
春風來，千萬樹花開，你的水田
秧苗綠，你的縱谷油菜花黃……
到了秋天換桌布為金黃的稻浪
赤科山六十石山摩天金針花海
還有那無經緯線幫忙定形，渾然
天成仙女們織就的山中紅葉華錦

春秋閣下，有人懷疑春秋一身的
你，非一人或孿生兒，而是兩
死對頭，數千春秋來騷客們爭辯
春與秋孰優孰劣，孰熱搜度高
他說春光春風春景和，春人路上
唱春歌，春春正富，不死春蟲
蠢蠢又動，又說自期三年歸今已
歷九春，說一臥東山三十春……
她說秋風秋雨愁煞人，秋野秋萩
開，隨秋風搖擺，晶瑩秋露載
又說一日不見如隔三秋，說千秋

萬世唯我獨尊。一春秋指一年
一春或一秋也指一年，啊平手！
日本女歌仙額田王，千餘年前在
眾男臣應天皇命以漢詩競憐春山
萬花之艷、秋山千葉之彩後，以
一首「和歌」了結群「漢」爭鳴：

「嚴寒冬籠去，春天又登場，
不鳴鳥來鳴，未綻花爭放，
樹林蓊鬱，入山尋花難，
野草深密，看花摘花何易？
秋山樹葉入眼，
紅葉取來細珍賞，
青葉嘆留在枝上——
雖有此微恨，秋山獲我心！」
春秋閣下，你問在春秋閣
下的我，對春秋、對春秋閣
何所憐？我說春秋閣內
各有其人間風景，但求一心
窺惜眾秘。親愛的春秋閣下
此微言大義春秋筆法汝知否？

二〇二一·十二

註：赤科山，在花蓮玉里；六十石山，在花蓮富里。

小藍

三日淫雨後，今天
天空又小藍

三樓，女兒小時候房間裡
被一道道沿牆壁縫隙而下的
雨水浸濕的她媽媽昨天
擺放的堵漏毛巾，一條條
在晨光中晾著

雨，這次，是大了些
房間，最近感覺又空了些

跟昔日三十而立以後忙碌著的我們
一樣，正忙碌著的三十而立
以後的我女立立
很像很久
沒回小城了

小城，今天天空小藍

她在的大城，或是大藍？

二〇二一·十二

小綠

假如當年我也在我太太
穿小綠制服三年的女校
所在的北部大城讀書
我一定是不遠處那所私立
職校夜間部裡小流氓樣的
學生，一個小黑

嫁到小城四十年
小綠也許沒有大綠特綠
過，但起碼得到小城的山
小城的樹發給她的綠卡
且不計黑道貧道，回饋以
她最拿手的綠茶凍

顏色有別又如何？
時光的白駒主動前來告白
調停，為始終在倫常的
黑名單上的小黑洗白
與小黑、小綠髮隙間結義

以補過的藍牙分享其白

這是漂白為半白的小黑
告別黑道後的自白：
白駒非駒，黑道亦道
感謝小小綠茶凍在
讓我可以貧舌常懷綠意
一直不懼黑白講、黑白道……

二〇二一・十二

星宿海

等我們更老了，我們也要投宿在
那忽而在極遠處，忽而
在眼前的星宿海
你，你愛聽的莫札特一閃一閃的小星星
我，一無所成的「零零」星星

重新年輕過的曾祖父們曾祖母們在那裡
等我們，比剛卸下行李入住的我們
還年輕
我們的行李其實也很輕
你的是一張你女兒的照片
我的是一首古早古早以前寫給你的
〈更漏子〉：

「天亮前坐著夢我終將輕划到你家門口
並且翻船，引誘你兩臂美麗的打撈……」

就算在星宿海，還是一樣要故意翻船
只是這次，你家門口就是我家門口

你的夢就是我的夢

不能再更輕了：
風，以及淚，以及我們女兒寫的輕歌劇

二〇二一．十二

雲夢大澤

我們去雲與夢之間那片大澤
遠足，就像小時候一樣
他們說：「恭喜你們已是
老古之人！」所以又特許我們加入
考古隊

大澤實在太大。他們說：
你們一定要用夢導航
而且不要客氣，隨時善用
此處雲梯
把這裡當作真正的家

所以漫遊中我們遇見愛麗絲。身高忽大
忽小的格列佛先生。結駟千乘，旌旗
蔽天，在如雲霓般升起的野火與
噪聲若雷霆的兕虎間遊獵的
楚王。瑪麗蓮‧夢露（啊，她美得
真像夢……）還有愛詠夢歌的小野小町

然後我們一起吃很久沒吃了的
池上便當。看了一下他們在舊書店網購到
我們以前翻譯，九歌出版社出版的
聶魯達《一百首愛的十四行詩》
接著開始進行他們指派給我們的
與詩和愛有關的考掘作業

我們把我們的考古現場縮小至
楚地的兩三湖泊：首先
浮出來的是幾片竹簡
然後是屈原的《九歌》，《九章》
然後一顆痣上波光萬頃的海
然後楚浮的《四百擊》……

　　　　　　　　二〇二一‧十二

輯三：藍色一百擊

藍色一百擊

藍。1

花籃。2

花蓮藍。3

花蓮藍調。4

花蓮藍調動。5

花蓮藍調動山。6

花蓮藍調動山嵐。7

花蓮藍調動藍花籃。8

花蓮藍調動藍浪花籃。9

花蓮藍調動藍浪花灌籃。10

花蓮藍調動山嵐海瀾如常。11

花蓮藍調動山嵐海瀾，神出神。12

一時難解出奇沉默便秘而不宣。13

美神裙下春光溢出籃外一覽無遺。14

透明神棍失手落凡接二連三響亮海。15

有幸得窺藍波神采飛溢色興庶乎通靈。16

大宇宙鼓樂敲打做神的樂器彷彿若有聲。17

憑藉無形箜篌詩人彈出香氣賀彼石破天驚。18

也讓專注聆聽的處子們和花瓶暗中醞釀破身。19

舌頭儲存苦難和緘默往往為了面虛及時的一嘆。20

像太空船像流星像橡皮擦慢動作刈過默片的黑白。21

收穫金黃的語字的稻穗，即便一次，為向晚阡陌的稿紙。22

捧早晨的藍鈴花於掌心讓花瓣成為心眼通向體內峽谷。23

在時間的棋盤上對弈你的皇后他的騎士你的花心我的眼。24

花蓮藍不曾調動愛與嫉妒，渴望與猜疑，花蓮藍調青青輕輕唱。
25

誠然是舉重若輕的輕騎士邊騎邊吹風笛邊下載風的遊吟歌手。26

用偶然拔高的花腔吹散愁雲慘霧造就你們每日的花蓮藍花蓮郎。
27

孤獨的時候也許是花蓮狼，嗥叫在峽谷夜空的曠野，無人聽的黑膠唱片。28

峽谷的古道有死鹿，有太魯閣族女懷春，勇士以安眠藥餵其獵狗後誘之。29

月光沿峭壁逡巡張開的像詩經愛經在液晶前那些滴落的莫非就是時間。30

連三晨，高文爵士與綠騎士化身的堡主其夫人在客房以頭韻互撞愛的誘惑。31

星空還是千年前星空，客來峽口客棧小住，立霧溪不說葡萄牙語但滾動如葡萄。32

中世紀英文如果換做當代英文或膺文，彷似以贋文仿製的你啊該如何雙聲疊韻。33

勞麗人忍謗頻相伴，卸綠肩帶昵代信物，戀短忘長吾當惜紅粉嫣笑如榮譽星辰禮度。34

字典裡的假面舞者：覿靦靨；素顏後：見包厭；我情願你永戴假面舞弄我而我單憑偽善幹。35

汝淚潺潺枺流注溪注湖洸漾潤洩滌濁清泥浮洩激洩波洄瀾湧潋
灩活洩沃洩（水中我也）。36

大寫的康德 Kant 和小寫的坑 cunt 孰重要，康德坑前思索，穴 hole
即全體 whole，我濕故我在，通了嗎，進來。37

在好雪和好孤獨之間神為我們選好／女子，像雪地上讀過的最好
的鹿的蹄印，好過好政府的好。38

雪替你在雪中思索生之虛幻，冷替你清洗不必要的熱情，以一票
票雪花的公投讓白完全執政。39

吃葡萄不吐葡萄皮喝葡萄酒要用夜光杯但你的眼睛是紫深的玻璃
葡萄不會因過重的凝睇爆裂。40

出門遇雪在遠方友人傳來的雪景照你被雪意或睡意死意所罩還沒
按讚發現它也許也是生之入門。41

花蓮藍不調動死與生少年們在街頭茶舖約會粉紅的吸管吸起粉圓
黑珍珠從少女的唇仰插進黑天空。42

此次一別也許累月經年，為此我（用微信）殷殷問，要送你何物
讓我如在你眼前，讓你度日非如年，而如秒如分。43

願一年十三月讀十三經，最長的一本經寫在浪顛，晨課晚課倩風
翻頁，閃爍的星光為夢的封面燙金誘你伴讀。44

著涼了這俏長的天階從晚唐斜垂到黎明前連鎖早餐店，我們秉燭秉扇依兩三星光溜溜滑下，涼啊這如水夜色。45

但我們在熱帶，更慘的是彼此雙重的熱情，熱啊熱啊這除了熱烈的身體一無所有一無所著的日子更何況她是辣妹。46

我說山谷兄啊峽谷路仄要嚴守規矩亦步亦趨：邀遊迤邐迂迴道，忘情恐惹惡急懲，春晴暉暖早晚明，詼諧說詩謝謔語。47

媚啊妹啊你的眉啊滅了我的寐，媚啊眉啊你的煤啊黑亮了我的沒，我沒我沒，我什麼都沒，你的一枚眉，美眉，沒了我的沒。48

兵敗彼邦別寶貝，頻頻跑趴拼品牌，密謀名門妙買賣，肥肥方法翻 fifty 番，單刀抵擋敵導彈，推特談妥忒甜頭，諾諾諾諾耐你拿。49

寶寶抱抱，我沒錢包月，別報告老鴇，我可以用謊言包日，用花言巧語包黑夜，但沒辦法給你勞保，唯一保證：我願飽餐你的秀色。50

一直想起二泉映月三人談判四個鐘頭五經盡引六法全書也翻七夕還我全家幸福吧八彎九拐你就是死纏十惡不赦啊賤人。51

在安徽桐城中學見校園短牆大字刻有「桐中敲銅鐘童男童女同上學」，你轉身入廁，小解後徐步吐出「和尚搞荷扇河南河北合下

流」。52

男同女同同我人，同居同婚通通行，字典剛教肛交詞，週遭痛知同志情，斷袖斷背斷魂斷然難斷，有法有義有愛有望永有，啊世界大同。53

懶懶攔路聆藍調，凌亂拉彈料淋漓，羅列蘭陵玲瓏面，裸露榴槤另類香，屌絲搭檔大膽顛，道德斷電淡淡唱，當代當地當然吊兒郎當藍調。54

雪，藍藍，女詩人，曾對我說，你必須一見，置身一片純白，讓冷撕裂緊身衣，撕掉諸般領袖褲襪，丟進去白雪牌洗衣機，連你和黑雨林一起洗淨。55

雪雪雪雪雪雪雪雨雨雨雨雨雨雨羽羽羽羽羽羽羽ㄐㄐㄐㄐㄐㄐㄐ三三三三三三三三二二二二二二二一一一一一一一　　　。
56

洗，用風，洗臉和丟臉的一切，用雨，邊洗邊裹住你的身體，成為透明、防雨的雨衣，用梔子花的氣味，在夏天，用桂花香，洗最薄最薄一層記憶的乳酪。57

洗手終夜血猶在，馬（克白）妻心上 Mark 難白，雪恥一生恥如何，心結如屎緊黏耳，欲將寸金易寸陰，寸辰難躲此辱影，千金能買洗衣機，無機可洗耳屎衣。58

此刻跨年，一根黑色依稀在的灰髮連結了我的老、少年，而非二
〇一六和七，一個老少年，一個停格的頑童，6 和 7，他的煙斗
和手杖，我的左輪和匕首。59

晨起在家洗臉，覺自己是草率的昏君，無視於自己面容的江山，
懶興剃鬍刀干戈，疏於巡覽眼鼻額疆土、治理皺紋，總之，一個
無為的昏君，在流亡的生途。60

江南可採蓮，蓮葉如何田田？我說是一畝一畝的水，你說是一面
一面鏡子的蓮，我說簡單說是水水水，你說簡單說是蓮蓮蓮，那
簡單說就是田田田田田田。61

刀銘練習寫箴銘，箴銘練習寫鐘銘，鐘銘練習寫陋室銘，陋室銘
練習寫墓誌銘，墓誌銘練習寫郭泰碑銘，郭泰碑銘說為吾德按
讚，請認明品牌，我不是郭台銘。62

青青陵上柏，今日良宴會，西北有高樓，涉江采芙蓉，明月皎夜
光，冉冉孤生竹，庭中有奇樹，迢迢牽牛星，迴車駕言邁，東城
高且長，驅車上東門，去者日以疏，生年不。63

和尚為什麼當和尚，和尚為什麼搧荷扇，藍藍到底有多麼藍，田
田究竟有多少田，主教為什麼學豬叫，想睡因何睡不著覺，銀河
疏且淺，光一夜輸給人間多少銀錢。64

衣服如詩分新舊，舊衣也是當時新，斯人斯疾有多種，新詩舊詩
同一藝。陳詞馳騁仍跳脫，格律力革每驚聳，諧仿坊鞋變新步，

點睛經典固特異，貌似時髦啊老貓對鏡。65

亂彈聽說亦藍調，崑曲之外新戲腔，激烈喧騰在台灣，如我搖滾花蓮藍調，亂彈亂舞亂中有序，亂敲亂唱自成一團，亂點鴛鴦雜交配，亂出醒世東方藍，噫，亂曰：都來亂吧。66

為萬物命名、為草木鳥獸剪影存神的詩人同行們如果許我借他們的名命名，我為花事嘗試如下：金菊炫黃山谷道，桃李商隱月色中，茫眼艱辛棄疾難，幸睹杏花白居易。67

也請中外四位女詩人、一位女畫家掛名入鏡，助我剪輯詩的微電影，七言四行，五位大家，原諒畫面太擠了：圓月如李清照溪，波光燿魚玄機明，如何香凝寒寺外，千代尼僧冰心在。68

天橘亮，海醒了，早餐藍，風桌布，光果汁，你也醒，鯨歌唱，麵包香，蜂寫字，花粉紙，唇之書，帆早禱，白牛奶，吃和吻，沙之鹽，沙之糖，你脫衣，裸之果，你穿衣，水微笑，浪手語，聽和說，你出聲。69

遠山的升旗典禮開始了，校工把雲梯推來了，鼓號隊來了，牧師、鳥和消防隊長也來了，穿著水手服的水向風敬禮，舉手禮，輕輕舉起它水的手，風也有風度的回禮，校長馬上來了。70

敬禮解散丟下書袋書蠹後，整個學原變成一座棒球練習場，我們飛奔其間，投手兼捕手，暴投亂投……你投我以木瓜，我投你以心形的卷積雲，你捕蜻蜓 po 上網，我捕到你的耳語嬌喘。71

變變變，變浮生為潛水艇與蝶翼，靜動兢動，變花果山為複葉星宿海，羅迷鷗與茱麗葉、橄欖葉於朝聖路洗星塵，變外野手楊牧的《海岸七疊》為母羊牡羊目揚模樣迷死牧羊女牧羊犬。72

但我上網查詢他不是牡羊座而是處女座屬龍不屬羊但有時翻讀詩人如他和我的詩特別是沒標點的詩還是會幫助吃安眠藥無效的人數綿羊睡覺但因愛輾轉反側者只能鹿跑。73

一個語字在紙上輕響，自良夜奔出的小鹿在你心頭亂撞，踏牡丹亭紛亂花瓣而來的小快蹄，以小快板，突圍你銀帛般怯張的思想，我願為紛紛落紅的透明蹄印哭泣，因為今夜這樣美麗。74

這色彩與氣味交鳴的夜何其芳啊，遣我於獵戶座余光中，我甘心被他豎琴般弓上猶未發的箭所獵，震懾於一根痘弦，廢名隱身黑暗的綠原，等你用花香誘我，啊半朵鬱金香已足，聞一多矣。75

小友茱萸詩通古今，見我以上詩磚慷慨回我茱萸風珠玉多串，有「田園將蕪兮胡適之，卸下半農身分重新作人」，我奪胎為：伶悷雙劉半農閒，邀遊東周作人渣，跳讀白賀玉谿詩，狂想三李金髮飄。76

遍插茱萸少一人，少了誰，數數看，或是易容為近色的櫻桃、枇杷，隱身於其他常綠帶香植物，或被誤作珠玉咒語或章魚，或者裝老或裝賢以能詩的資深數學教授宣佈：遍插茱萸少的就是他自己。77

晶亮的泉水，蹄音達達，透明丰美的蹄印點點濺向旅人肌膚，溫柔按讚……在一間名叫「晶泉丰旅」的溫泉旅店，溫泉水滑如放空智慧的智慧手機液晶，手指機靈亂彈，彈指間在你狡猾妖嬈水腰彈出火。78

世界是一本大書，周而復始的浪把重重的生命翻為一頁頁浮生，詩人在浪尖上行吟，輕盈的身影像標點，螺絲般試圖鎖住流動的風景，感謝那拔浪而起的驚嘆號！讓浮生忽然有了一座無任所燈塔。79

燈具的選擇：宜談情調情者，未必宜室宜家，光可鑑人，未必踐踏得過矯情的賤人，燈罩罩得住一人份的家醜兩人份的家務罩不住大富人家吹過來的霧霾，手電筒是必備的，還有附礦工燈的防毒面具。80

一夜晶泉，今生丰旅：山色在目，泉水心思各享追奔樂，今夜宴茱萸枇杷桃李園，曲水流觴，月光為杯，白也翰也操也植也丕也脩也羲之獻之在也。父子敵友跨世亂倫同歡，大家庭之旅，遍插茱萸少歌姬一人。81

溫度是缸的心事，來到缸底，便知我的心事，知課本上剛教的打破浴缸讓月光流出來之必要，知欣見眾友敵肛嬌或花燭夜扛轎之必要，只此一端即知異端之必要，更何況一端恰是另一端的另一端，另異端。82

記憶中的燈塔最抱歉的是霧大致色盲燈塔守誤導,懸垂震旦的紅星曾是少時向左看秘密的燈塔,或者那據說沒讓萬古如長夜的孔氏日月,但孔乙己如何,他那受辱、憤怒,炯炯發光的雙眼也是黑暗之燈嗎。83

可嘆者多矣,那在隙縫中負喜馬拉雅山走索的替身演員。細影搖晃的影舞者。靜動競動,戰戰兢兢。必須不斷吃減肥藥。為了藝術為了愛。無入而不自得。無收入而仍得肩此任。相當於聯合國守衛長或地球巡邊員。84

我詠嘆黑墨樣的沉默。墨分五彩,風有五蘊,我們把虛無,或空,切為繁花聖母形圓形方形菱形三角形多邊形刑期無刑無形……無形中幫吾等眾囚殺無聊無邊之時間,沉默的黑墨條,憑空憑默憑墨,在每張紙的童貞前。85

每次放風讓我感覺到自由給黑暗色彩,給色彩光。淋上自由,公開的監獄即公開的遊樂場,競技場,運動會,我們的典獄長是如何深刻體認此而緩拘那些在草地上奔跑的小孩,假釋那些無須擔心活著不自由的死者。86

死者在我們的言詞間舉行運動會,我們的舌頭再一次給他們美麗的彈跳姿勢,自口水的跳水台,給他們高難度又曼妙精確的連續三滾翻,幾乎是生前都辦不到的了,力與美因重播更形生動,可惜播放機通常沒通電。87

蝴蝶們從莊子的瓦盆飛出，棲息在荒木田守武十七音節的荒木上，偽裝成枯葉冬眠，在春天，在夏天，當遠行多年的曾祖母們陸續乘著歌聲的翅膀從清澄的藍色中回到峽谷時，搖身一變為枯葉蛺蝶，諦聽山澗擊壁鼓盆⋯⋯。88

他們寫電子郵件給朋友，寄到他們的電子郵址，如果他們死了，他們的電子郵址還在他們的通訊錄，也許還通著電，但回電的絕不是他們了，這些懸空的閃電他們盡量避免觸到直到他們也變成懸空的閃電別人避免觸到。89

我們回覆／轉寄／刪除這封／這些封電子郵件，我們回覆／轉寄／刪除這封／這些封電子郵件，我們回覆／轉寄／刪除這封／這些封電子郵件，我們回覆／轉寄／刪除這封／這些封電子郵件，我們回覆／轉寄／刪除這封／這些封電子郵件，我們回覆／轉。90

誰回我的詩以什麼陸、海、空郵件，啊航空信封藍的花蓮天空藍，誰回我的詩以什麼陸、海、空郵件，啊水手衣服藍的花蓮大海藍，誰幫母親們到市場提菜，用一隻花蓮藍花籃，誰回我的歌以母親教我的歌，用天空、大海藍的花蓮藍調。91

依呀呼嗨洋，玉里町來的女孩，你和你公學校昔年友達的友情一生不渝，在你生養我的花蓮上海街她們時常來找你，一起談笑，吃壽司，壽喜燒，一起吟唱童年的夕燒小燒，多漂亮啊你們的領巾，多有味啊你們永遠永遠的少女時代。92

她菜籃裡，她腳踏車前籃子裡，裝的是她一個人勉強提得動的生活的辛苦。但一定還有什麼在裡面，不然為什麼我看她一邊騎車，一邊左看右看遠山和藍天，差一點摔倒，啊那一定是她籃子裡「美」的重量，讓她的腳踏車始終有點搖晃。93

我的母親叫我去買蔥，我的母親叫我去買醬油，我的母親叫我做好學生，好老師，好父親，而我，從小到大唱反調唱自己藍調的我，在「好」下面加了壞，啊好壞的學生，好壞的老師，好壞的你的我的他的她的，啊，不算壞人的你們我們如夢人生。94

也許我們都是如夢似幻說書的柳敬亭，遊俠髯麻柳敬亭，詼諧笑罵不曾停……姑聽我假此「敬亭說書」：相看兩不厭者，唯有眼前的敬亭山與我，相聽兩不厭者唯有敬亭與我，我，說給我自己聽（至多免費默許我頭上好事多姿之柳）而且百聽不厭。95

敬亭山腳下敬亭說書，我的腳本只有一個，非寫在鞋上襪上，更與那牽拖二十五史如裹腳布的相聲雜嘴大相逕庭，我借手語唇語帶電的目光之語花語耳語──你「聽說」過嗎，我用「聽」說書，我聽即我說……（莫誤我為客途說木魚書，無中生有的繆蓮仙）。96

我聽世界的河流，人間的河流，餐桌賭桌病床婚床楓葉烽火蜂巢上深淺明暗涼燙，宇宙金色銀色絕色曼陀羅花色的河流，帶著咆哮、鏗鏘、錚琮、琮琤、悉索、窸窣、沙沙表情，流過我耳朵的峽谷化為飛鳥峭壁雨林星塵斷崖飛瀑流霞鐘磬萬般聲籟。97

我的聆聽即歌唱，你們的也是，如果你願意傾耳一聽，聽你自己——而不是聽我。妙的是，你們喜歡聽別人，特別是聽我，我也聽來聽去只是在聽「我」，所以盍聽我隻筆搖滾搖擺血拼瞎掰，像瞎子阿炳在映月的泉邊，以葉影，以斷弦的二胡，絕響人生的悲涼。98

藍，花籃，花蓮藍，調動山藍海藍的花蓮藍，調動美崙山松影與敬亭山柳影的花蓮藍，花蓮藍不曾調動生與死，不曾調動渴望與失望，花蓮藍調青青唱，花蓮藍調輕輕調合悲涼與夏日海風涼，調合島嶼與歷史，夢與地理，調動敬亭下的十日譚與七星潭。99

葡萄牙人來過的立霧溪，溪水滾動如金黃葡萄，里奧特愛魯，魯國魯班魯智深不曾見過的黃金河，挾金沙與化為風的廝殺一路搖滾到水藍智深的太平洋，花蓮藍調不說風涼話，花蓮藍調歌讚海浪海藍海風涼，啊洄瀾，洄瀾，感謝那拔浪而起的驚嘆號！100

二〇一七·一

135

註：本詩寫成於 2016 年終與 2017 年初跨年十日間，全詩共 100 節，從一字到百字，共一百擊；每節以一句點結尾，除了全詩末的驚嘆號。

〔16〕法國詩人藍波（Rimbaud）說詩人是通靈者（voyant）。

〔18〕李賀〈李憑箜篌引〉有詩句「女媧煉石補天處，石破天驚逗秋雨」。

〔30〕陳黎 1976 年〈更漏子〉有詩句「月光沿著高高的屋簷反復邊巡／張開的像詩經在窗前，透明／透明冰涼的玻璃：／那些滴落的莫非就是時間」。

〔31〕高文爵士與綠騎士，中世紀英語韻文傳奇 *Sir Gawain and the Green Knight* 中之人物。

〔32〕立霧溪，流經花蓮太魯閣峽谷之溪流。

〔33〕陳黎本名陳膺文。

〔40〕陳黎 1977 年詩作〈戀歌〉有詩句「但你的眼睛是一片紫深的玻璃葡萄／不會因過重的凝睇爆裂」。

〔43〕「此次一別也許累月經年……」，這些字句對應鮑伯·狄倫（Bob Dylan）〈西班牙皮靴〉（Boots of Spanish Leather）中的一節歌詞。

〔47〕黃庭堅（黃山谷）有「同旁詩」〈戲題〉，前四句為「逍遙近道邊，憩息慰憊懣，晴暉時晦明，謔語諧讜論」。

〔59〕詩人紀弦有詩〈七與六〉。

〔62〕郭泰碑銘，稱頌漢朝郭泰（128-169）生前品行的碑銘。

〔74〕何其芳〈圓月夜〉有詩句「是的，我哭了，因為今夜這樣美麗！」。

〔75〕余光，通餘光。

〔83〕懸垂震旦的紅星：Edgar Snow 氏有書 *Red Star Over China*。

〔88〕日本詩人荒木田守武（1472-1549）有俳句（拙譯）如下：「我看見落花又回到枝上——啊，蝴蝶」。

〔92〕我母親生於日據時期花蓮玉里。

〔94〕陳黎 1989 年詩〈蔥〉有詩句「我的母親叫我去買蔥……」。

〔96〕陳黎有詩〈木魚書〉（2001），說書生繆蓮仙「客途秋恨」。

〔99〕美崙山與七星潭皆在花蓮。

〔100〕十六世紀，葡萄牙人航經台灣東海岸，發現立霧溪產沙金，遂以葡萄牙語「黃金之河」（Rio de Ouro：里奧特愛魯）之名稱呼花蓮；洄瀾，花蓮舊名，殆出於十九世紀初葉或中葉移民來花蓮的漢人之口。

媽閣‧一五五八

有三岸的歌／之川，比一星系廣：／
歌人死有時／歌之船逆時間靜／
航，我們全聽、看到

兩年前我們載著象牙、胡椒、白銀的船
辛苦靠岸後，我們問立在岸邊一座
小廟前的人們此處何名。「媽閣！」
Macau？這陌生但響亮好聽的名字
你們也許會稱我賈梅士，或卡蒙斯
從里斯本，到維德角，到印度果阿
到這裡，我的名字叫漂蕩或永不止息
就像眼前這不停流向南中國海的水
逝者如斯夫（也許有人也曾如此說過）
不捨晝夜，你們看到我航行地球上
越歐洲，非洲，亞洲，連結東西半球
但我旅行於時間的地圖上，向過去
向未來，我以及我一路書寫的那首
彰顯葡萄牙勇健，高貴，大無畏
國魂的長詩《盧濟塔尼亞人之歌》
（我視它為一條金沙如形形色色
母音、子音閃爍躍動的黃金之河）
還有那些情趣、味道繽紛歧異如

不同群島上發現的不同香料香水的
頌歌、牧歌、格言詩、五七音節詩
十四行詩（我為我所愛的中國姑娘
啊，緹娜妹，寫了許多首）……他們
後來說「媽閣」原來是祭奉那出生時
不啼哭的女子，那叫阿媽的女神之廟
說她行過水上，逐波而去，讓自己
成為隨不捨晝夜的水流，隨時間
不斷再現的抒情詩兼敘事詩。船行洶湧
驚險波濤，有她登檣竿為旋舞狀，即獲
安濟……在羅卡角，我說，陸止於此
海始於斯，但其實所有的海浪都從
我的筆端，從我無所不在的詩的岬角
出發。我在摩洛哥戰場失去我的右眼
但朝右，朝東，更多新的眼睛等著
與我相接合。我的同胞，從馬六甲
從這裡，向東續航到那美麗蓊鬱的島
驚呼「福爾摩莎！」啊我也要去那裡
那裡，我知道，也會有一條黃金之河
Rio de Ouro，里奧特愛魯，鮮活我
的眼，只要詩人如我的筆槳比劃過
春江潮水連海平，灩灩隨波千萬里
這海上明月，多麼像，又多麼不像
我家鄉柯茵布拉小夜曲中的月色啊

那時間中流動的水文，因為詩人們的
詠嘆，因為愛與渴望，成為同一卷
翻不盡的燙金的卷軸。你們說，你的詩
你的故事，多巧妙、曼妙地映照了半個
世紀後從中央帝國到此一遊的劇作家
他用同一條河的金沙，印記讓他大開
眼界的你們的華服商舶奇珠異寶……
明珠海上傳星氣，白玉河邊看月光
他跟你一樣，一見鍾情愛上了異國的
少女——啊，不是中國姑娘，是比
二八年華還幼齒的你的家鄉妹！
花面蠻姬十五強，薔薇露水拂朝妝
盡頭西海新生月，口出東林倒掛香
是的，那倒掛鳥張尾噴放的香氣
我也曾在馬六甲聞過，並且把它偷
藏在我愛過的每一個女子的腋下胯下
藏在我每一首長詩短詩的字裡行間
暗香四溢，灩灩發光的黃金之河
里奧特愛魯，Rio de Ouro……
逝者又復活者如斯夫，不捨晝夜

二〇一七·四

註：媽閣，即澳門。據說十六世紀葡萄牙人登陸澳門的地方在媽閣廟
（媽祖廟）旁，葡語"Macau"（澳門）即「媽閣」轉化而成。賈梅士
（又譯卡蒙斯，Luís Vaz de Camões，約 1524-1580），葡萄牙最偉大的
詩人、冒險家，1556 至 1558 年間居留於澳門。媽祖原名林默，暱稱
「默娘」——「出生時不啼哭的女子」。明朝劇作家湯顯祖於萬曆十九
年（1591）由南京邊謫廣東途中曾至澳門遊歷。我的家鄉花蓮有舊名
「里奧特愛魯」（Rio de Ouro：黃金之河），殆因十六世紀葡萄牙人發
現流經太魯閣峽谷的立霧溪產沙金而來。本詩前之引文出自拙作〈五首
根據拙譯辛波絲卡詩而成的短歌〉之五。

璞石閣・一九四三

五年級第二學期開學快兩個月了
你還是非常懷念上學期的導師
中山智惠子先生（她可能因為
頻繁的空襲，辭職離開學校
離開小鎮璞石閣）家庭通信簿上
你的名字仍然叫吳秀英，跟隨你
祖母，你的「保護者」吳蘭妹
「旭」國民學校初等科第十四屆
五年級「櫻」組 11 號的你擔任
級長，中山老師在通信簿上說你
「美声ヲ持ツ」，歌聲優美動聽
很會領導同學。你國民科修身、
國語、國史、地理四門課成績
被蓋了優優優優，算數、理科
有良有優，圖畫、工藝、裁縫等
只良而非優（難怪我後來上學
類似科目也不優……）遠方伊勢
神宮獻穗給天照大神的神嘗祭
剛過不久，今天，10 月 28 日是

台灣神社例祭日，一早白尾國男
校長穿著大禮服戴著白色手套
從學校奉安庫中取出教育敕語
誦讀完後，一班一班排隊走出
學校，走過玉里大通上刻著
「新高登山東口　玉里」以及
「八通關越道路起點」的兩根
石柱子，再往前，登上一級一級
石階到神社拜殿參拜。回學校的
路上，你瞄了兩根石柱子旁那間
好看的郵便局一眼，你喜歡蒐集
郵票，喜歡把心思投遞給遠方
你跟代課的男老師陳靜淵先生說
家裡有事情，下午要請假。你
回到玉里街玉里 260-1 番的家中
跟祖母要了錢，換了衣服一個人
走回大街上的郵便局，買了一張
繪葉書，風景明信片，密密麻麻
寫了許多字，告訴郵便局職員說
你要寄給你「未來的長子」。他
給了你一張郵票，似乎沒聽清楚
你說些什麼。通信簿上記錄你
三年級開學時身高 122 公分
體重 18.9 公斤，胸圍 51 公分

第二學期時身高 123.5 公分

體重 24.1 公斤，胸圍 51.6 公分；

四年級開學時身高 124.4 公分

體重 19.8 公斤，胸圍 50 公分

第二學期時身高 127 公分

體重 20.6 公斤，胸圍 51 公分；

五年級開學時身高 129.9 公分

體重 21 公斤，胸圍 51 公分

第二學期時身高 132.2 公分

體重 22.2 公斤，胸圍 72 公分！

（啊，是不是校醫寫錯了？）

就是現在，昭和十八年台灣神社

例祭日，當童女的你異想寫一張

給時間的明信片，給你未來的

長子（是我嗎？我看到通信簿上

你六年級時身高 135.5 公分

體重 24 公斤，胸圍 54 公分

修業完了時身高 137 公分

體重 24.6 公斤，胸圍 52.2 公分

我當時沒機會碰你乳房，吸它或

捏它，所以它忽大忽小嗎？你

確定你是寄給我嗎，我一直沒

收到那張明信片——是年輕的

郵差把一整袋郵件帶回家，被你

娟秀字跡所吸引將之留下，或者
身份證上登記為長子的我其實
並非長子？我不知道你在那張
明信片上寫了什麼⋯⋯寫你知道
自己會隨著時間越變越漂亮又
隨著時間越變越長、越老，生下
一個長子〔我？〕越變越聰明又
反被聰明誤，像忽大忽小的你的
乳房？或許，你寫的是一首詩
一首歌，唱說人生是一場遠足
很遠，但令人興奮，很慢，雖然
未出發已到達⋯⋯所以）十一歲
的你寫了一張明信片給你未來的
長子，未送出已到達，相信你
早逝的母親見到了他（我？）
相信你我她共同的生命的風景
早繪在任何一棵樹的一片葉子上
你告訴你未來的長子（我？）說：
注視那一片葉子，彷彿注視我；
稱量那在葉子的搖籃裡一顆星的
重量，即使風已離風景而去遠

二〇一七・十

註：我的母親余秀英（圖左）1932 年出生於花蓮玉里（璞石閣為其舊名），1939 年入「旭」國民學校初等科（後之玉里國小），1945 年卒業，入高等科。2017 年 9 月，我與幾位友人有玉里行，至舊玉里神社、舊玉里國小等處，回家後母親給我看她七十多年前讀國校時的「家庭通信簿」。

太魯閣・二〇二二

坐太魯閣號，經過立霧溪，遠眺太魯閣

遠山映請溪水當郵差，把它身上的郵差綠
快遞給海水豐富太平洋的碧藍層次

鄰座在北部讀書的女大學生像出閣的女兒要回
娘家躍躍欲起身，一如五十年前搭金馬號的我

很快地，播音器就會播出終點站名：
花蓮。洄瀾。發～蓮。Kalingku。Karenko⋯⋯

她說（我彷彿聽見）──都是我的母語

二〇二二・七

輯四：淡藍色一百擊

淡藍色一百擊

1

含羞草鼓起勇氣跟
蝴蝶說：飛近一點，我
給你看我羞羞的地方……

2

英仙座流星雨：
伊的細指
在我微濕的指間

3

娶了突然示好的她的他
一生都不知道──
他不僅奪人愛，還奪胎

4

我沒聽過哪一國的蝴蝶或
花粉犯了通姦罪，沒聽過哪一顆
石頭（因為愛）呼吸困難

5

違規停於露天下的一輛凶乳跑車：

雨雨
　路　　彷彿一場暴雨停格在路上

6

九十多歲的父親水果刀
似乎未老，問匆匆來
到的我要不要吃水果

7

想起我寫七十歲時的她
笑起來像十七歲，昨天
母親說：你也快七十歲了

8

小小的水泥庭院中
小小的木頭椅子：
坐下來就是家天下

9

九十歲的母親，心中不免偶現
少女時代友人們乘過，要接
她走的舟：我說毋急啊，母舟

10
蜘蛛也錙銖必較地
計較它正在寫的那首
格律絲的重量嗎？

11
自動翻譯雞──一聲聲
公雞啼，又把模糊
歧義的黎明破譯成天下白

12
白宮的屋頂：白日
白日的屋頂：
白日夢

13
撐竿跳選手退休了，
威而鋼不再提供他
參賽用竿

14
不安之書：心啊
如何翻一頁頁煩人的
火為平順之川？

15

哪裡找雙截棍，讓

日復一日，久了有點

白目的白日變自由

16

棉被是溫柔版的木乃伊，滾筒般

日日徐緩地把死亡滾印到如帛的我們

身上，直到我們成為一具棉乃伊

17

下坡路上，涼風徐來

天藍，然而走在樹蔭裡

——竟有這等好事！

18

廣場上，年輕的清潔工又來把

垃圾桶裡的垃圾撿乾淨，分類安落

像巴哈第一號平均律分解和弦

19

一年一度的宇宙杯泳賽：牛郎

以破世界紀錄速度的牛蛙泳

一夜間由銀河一頭游抵另一頭

20
褲子全濕了，還好這整個秋夜本來就
什麼都不用穿，水珠的星光滴到拂曉方
盡，又換淚珠滴在織女新織的牛衣上

21
父母大人：原諒不肖的
兒子我明天起要
成為別人的妻子了⋯⋯

22
不要害怕所有的興奮，是熊在
果園裡打開蜂箱，你也很快
會在我的花房前安靜下來⋯⋯

23
一根平權的尺跨過我上方
左右乳房：我下方的湖是一座
持續噴發花火棒的活火山

24
働是人動，是工作
人能動、能做──
夠動人了啊⋯⋯

25
靜，爭的是哪種青？
雨過天青，爐火純青
或安於語字的文青？

26
強震把納骨塔一列列骨灰罈
震落摔碎，灰灰混滿地：
消融黑白你我的新灰色地帶

27
唯在我身上你引發的
地震我不怕，樓搖，地鳴
橋裂，人設崩，魂消

28
午後日頭雨——
一句銀的，
三兩句金的……

29
吾待你引吭一歌呢
吳岱穎一哥，
我的同鄉同事同道

30
快晴，快遊，快語
快意，快閃，快篩……
詼諧曲式生之快板

31
俯身險峻的
斷崖──一棵堅持
裝屌到底的樹

32
良夜──她說
食我吧良人，每一根
手指都是食指

33
政治，宗教：以虛口
為玻璃窗的人間
最巨大之兩組噓建築

34
愛情是一個房間，兩個人
在空調虛口吹出的
冷暖氣中噓寒問暖

35
丼：
以水聲捺印的
謁俳句王朝國書

36
這隻手，曾
為你撿起拂曉
地上的內衣

37
拂曉之翼：啊
光已然長出羽毛
但猶未飛起……

38
你也是小帝國，東三省
西三省，一日三省
汝身，省吃省用省電……

39
在呼吸機當機與
當機立斷間，當心啊當代人
口罩當戴直須戴

40
胸中的鷹一次次嘗試迴旋
天際，俯衝而下，以弱眼細
爪尋捕意象，成膺文膺詩

41
浮生：
又一日枕曲肱而成的短虹
入夢

42
我思故你在
無論你
多徹底背離

43
花間一壺酒，獨酌
無白肉——不得已，他
咬了一口水中月……

44
七月半，來領口罩的新舊鬼們太多了
怎麼辦——讓他們耐心排隊，多待
幾天，屆時幫忙為執政黨候選人投票

45

鏡電視以照妖鏡佳節成功顯影直播：

魃魆魅魊魌魁魂魋魑魅魈魄魅魖魌魈魖魒魏魎魒魑魁

魍魖魏魌魏魌魑魅魕魓魔魑魒魖魑魍魓魈魖魅魕魕……

46

我的禪：著掉了一顆

扣子的單衣，反覆從電腦桌前走三十步

到臥室窗口又走回去

47

蟬聲在是一種

糾纏，蟬聲

不見是另一種

48

小時好動，被大家叫孫猴子：他

七十二變大鬧天宮，我只能以筆為

金箍棒，小宇宙內恣意幻化字光

49

習以近平，以遠不安——此生

漫漫，我是不是該（補）習洗衣掃地

做飯做家事，而不是作文作詩？

50

知拂塵燒水又習一二三四五文字
聽蟬悟禪寫詩，或立或行或坐皆安，
豈非安倍（甚而）晉三之掃地僧

51

有一刻，他以為
那頭豹是
森羅萬象的西瓜

52

浪子啊，你是一片
浪：但
把我盪成了一座海

53

我媽媽沒聽過亞里斯多德或
亞里斯多芬，他們現在也
管不了自己有何名何德何芬

54

我說：阿里加多，媽媽
謝謝你生下我！
雖然我不是亞里斯多德

55
年少起，我們家就一直借錢還債
我們不是銀行家，但你長保我
為媽寶，讓我這塊頑石自鑄成幣

56
世界是一台投幣機：我投入自己
這枚硬幣，連同眾人的硬氣、硬傷
轉出一條淚乾後可以入口的軟糖

57
硬幣硬頸隱夾於其兩面間：悲
與喜，隧道與出口，壓迫與反抗……
因每一次翻身升值為一枚新幣

58
我們的島發行了一套新幣，新台幣：
大綠島幣，小綠島幣，蘭島幣，
龜島幣，馬島幣，金島幣，白沙島幣……

59
直入花園田蛱飛，你草色的
細肩帶親像草螟弄
我的雞公，嗻啊溜來囉……

60
上夜下夜毋相同：
上夜係一條蟲亂停動，下夜
嘖睡像火車過暗窿……

61
背北京愛人，東京
藏愛人——
這丈夫不太大丈夫

62
阿立邦邦，阿立邦邦
真多飛魚被網到，真希望
天天我都是你的漁場……

63
夢之甍漏水，背聽的父親以
手電筒照著樓梯頂端童年的我的
書包，沒發現雨滴濕了他的背

64
父母在，他們單薄的
身體依然是一道牆，幫你
遮擋死亡的車頭燈影

65

她抽到的籤是王，
我們抽到籤合唱
「天佑女王」國歌

66

每個人豈非王身
只要一點自覺
就可以自己作主

67

天主啊，你一定很累，天天
要從你的天機上，把各種
訊息發到我們每個人的手機

68

毛主席蔣主席列寧主席……列位
席捲天下累死了吧？讓出爾
席，讓不毛的人民席地而坐實吧

69

南方澳，藍方奧：
雲集的白帆倒映成
帆白的集雲

70

月考的早晨，一大早，母親剛把豬腦湯
煮好。小學三年級，遠足前夕，麵包
葡萄乾、豬肉乾買回來了，窗外雨停

71

大禹嶺上
初遇雪：十五歲的你鼓起
勇氣問了她名字

72

奧菲斯，那流星是
冥王星聽到你的琴音
頒給你的勳章嗎？

73

芭蕉擔心我太焦慮，
寫了一首俳句告訴我：
蕉綠了

74

福爾摩莎——
麗日麗島這綠稻風，正粒粒
撫而摩娑我……

75

我們習於雪白，而她敢謝雪紅，敢以她
飽蓄行動力的心臟為行星、紅星
熱血沸騰地噴撞向冰雪大地革時代的命

76

宋家的美齡名字高貴，林家蔡家的
美玲是菜市仔名，張家的芬齡 google
她自己，笑說：這小名嘛獨一無二

77

從十九歲畫到九十歲，以絹為舞台表演合奏、
手風琴、杵歌……陳家女孩你一路前進直到消逝
塵外畫框外，沾著膠彩的音符卻永遠停駐畫裡

78

牙齒痛。的夜晚。那些痛點。發光。
像星星。被嵌在空中。我知道了。我
的口腔。是黑暗中。廢墟上的。穹蒼

79

祂說：管你們太久，真的有點累了，你們
大顆、小顆牙齒，或行或衛，當星星相惜，別
不耐瞎想脫系，硬要我用牙套幫你們套牢

80

祂的意思是說整個太陽系不過相當於
我上下兩排牙的口腔？一口一宇宙
太貪吃又不防蛀，地球可能就會牙痛？

81

小城市政廳前面公園裡都有一座
種滿潛規則的樹林，颱風每年
吹斷了幾棵，但更多棵被新植進

82

他們考慮搬到那座手機也能享
勞健保的城市：每支手機看診、體檢
打疫苗、更換器官、美容美甲都免費

83

夜，聚眾蘭於群獸已歇息的圓形競技場
德黑蘭跳過波蘭鬥烏克蘭，尼德蘭
邀芬蘭錫蘭噶瑪蘭……齊加入盂蘭盆會

84

盂蘭是倒懸，地球上萬物二十四小時輪流
倒懸：是誰佈置穹蒼如一個大圓盆
每夜用天階星露清涼它且將萬籟靜放盆底？

85

莊子來我們莊子民宿了幾天
寫了「名可名，非常名」幾個字
充作住宿費兼賓至如歸之禮

86

人生賭桌上不敗之道不是輪流
做莊，而是輪流做「裝」：
裝傻、裝逼、裝仁慈、裝無辜⋯⋯

87

春花與秋月賭
誰會先被
仲夏夜夢到

88

在夢中我和她裸身著隱身衣攜手漫步
海邊，但偷窺我的夢的窺淫者堅持說：
沙灘上只看到一對左右腳的兩行足印

89

沙灘上的足印，生者們一步一步鑄成的
紀念銀幣，進貢給推翻前潮、權傾一時（
啊縱然只是一時！）的一代代新貴浪潮

90

雲在峽谷天空滑翔為遠處厄難打旗語
陽光映在立霧溪裡如一條條金黃的
鋼絲邀引祖先們嬉遊其上彳亍向海洋

91

海，永遠那麼寬宏大量地在其房間裡給每人
保留一個存放記憶的藍抽屜，我們以悲喜
之鑰匙遙動之，它們開開闔闔，浪起浪落……

92

她的抽屜裝滿重藍的憂鬱，口饞的年輕潛水員
游過時把快吃光的太陽餅偷藏進去，亮亮的
餅屑讓重藍變淡藍，她的記憶在水面輕輕翻新

93

他花了半生時間把悲傷打磨成
一顆螺絲，後半生萬一碰上
樂不可支之事，趕快用它鎖緊

94

橫來是颱風，縱起是地震，這
綠島像一隻船不時搖盪——島東
花蓮的我們家被激辯成縱橫家

95
橫去是統一，縱走是獨立，在合縱與
連橫間搶嘴搶鏡頭的政客、說客們，你們
搶通了坍方了的一部台灣通史了嗎？

96
浪花是我們的家徽，最動人的
一枚，颱風來時捲起千堆雪後
高刻在我們夢的飛簷……

97
據說世上最好賣的書是毛語錄，他養了
六隻軟毛的貓，編了本頁頁只許露毛瞻仰毛
三倍含毛量的絕對毛書：毳毳毳毳毳毳……

98
馬驫驫，車轟轟，牛犇
犬猋，眾人口品鱻魚，劦力
磊石：火焱燚，月朤朤……

99
南京雨花台昨夜落雨
雨確定非落在我們住的上海街或
南京街，花蓮，台灣

100

舌是夢的園丁，以緘默收刈
花開的聲音，天方夜譚，以嗅覺
翻譯，被一千零一夜收聽……

二〇二二・十

註：本輯詩寫作於 2022 年 8 月至 10 月間，共一百首三行詩。1993 年時我寫成一本三行詩集《小宇宙：現代俳句一百首》，2006 年又寫了另一百首三行詩，我稱之為「小宇宙 II」，如是此「淡藍色一百擊」百首三行詩或亦可稱為「小宇宙 III」。

〔24〕中文「働」，同「動」。日語「働」（音讀 dō，訓讀 hataraku），工作之意。

〔29〕吳岱穎（1976-2021），花蓮人，詩人，善歌，與我同任教於花崗國中多年。

〔33〕日語「嘘」（音 uso），謊言、空話之意。

〔35〕俳聖芭蕉（1644-1694）有名句「古池——／青蛙躍進：／水之音」（古池や蛙飛びこむ水の音）。中文「丼」，音「膽」，投物入井之聲——如是可視此字為芭蕉上述句之變奏。「丼」另為「井」的異體字。

〔59〕閩南語「田嬰」即蜻蜓，「草螟」即蚱蜢，「雞公」即公雞。南管有歌曲〈直入花園〉。

〔60〕客家語「毋」即不，「係」即是，「停動」即動、搖動，「噴睡」即打鼾，「暗窿」即隧道。

〔61〕北京話「愛人」即妻子。日語「愛人」（音 aijin）即情人、情婦，「大丈夫」（音 daijōbu）為牢固、可靠之意。

〔62〕「阿立邦邦」（alibangbang），雅美（達悟）族語「飛魚」之意。

〔75〕謝雪紅（1901-1970），台灣共產黨創始人，台灣第一位女性革命家。

〔77〕《合奏》、《手風琴》、《杵歌》，皆為畫家陳進（1907-1998）膠彩畫作。

〔97〕毳（音同「脆」），鳥獸的細毛，軟毛。

〔98〕此詩大意為：「馬奔騰，車轟轟，牛奔跑，犬奔跑，眾人口嚐鮮魚，協力堆累石頭：火焰熾烈，月光朗朗……」。驫（音同「標」），馬眾貌。轟，群車聲。犇，同「奔」。猋（音同「標」），犬奔跑貌。鱻，同「鮮」。劦，同「協」。磊，眾石累積貌（此處當動詞）。火焱（音同「焰」），火花、火焰。燚（音同「異」），火燃燒貌。朤，同「朗」。

病中作

帶狀皰疹後神經痛
虛構了兩副小面具
輪流戴在我左側
額頭、眉頭上，讓我
不時感覺眼皮鬆垂
成為小眼罩的一部分

我強迫自己到家附近
農校後門的林蔭小道上
伸手、轉首，舒展身軀
竭力拉拉筋，我睜大
兩眼，抬頭——千萬片
翠綠苦楝小葉陽光中
隨風輕搖，對我齊眨眼

我再一次竭力抬頭，藍
天下，千萬隻眼睛彷彿
對我說：快甩掉眼罩
和我們一起眨眼睛……

二〇二三・三

風林火山

風

風總是溫柔得像愛一樣
沒有一次不在如鏡的水面
留下細紋，不在我心湖
刻下傷痕，讓我 瘋：
一個披著一件斷了一只
袖子的風衣的瘋子，因
另一半——她，的離去

林

他們在林間一棵樹下
　邂逅如兩棵樹相擁
　　互許終身，心想
　　或許林下成蔭
　　後代就像細
　　　胞分裂般
　　　如此繁
　　　衍成
　　　木
　　木木
　　木木木
　木木木木
　木木木木木
　木木木木木木
木木木木木木木
木木木木木木木木
木木木木木木木木木

又或許，他們最好
　最後的結果，只
　　是在林下，土
　　　下，並列成
　　　一對棺
　　　木：
　　　　林

火

別惹它。別讓它火大
火大了——譬如這麼大

會讓你發現，那惹火你
那讓你真正焦急、煎熬、難受的
不是火，而是那賤人（
你所謂的情敵）高舉兩手
比出的大獲全勝的
姿態——真
Very 讓人

山

山的藍或綠，雄偉或健碩
讓孱弱蒼黃的我等人類
看了頗自卑

它時不時還用包了浮雲繃帶的
剛動了白內障手術的這隻或那隻眼睛
藐視我們

會跟它相看兩不厭，欣然傾前靠攏的
不是「仙」，就是「假仙」

　　　　　　　　　二〇二三·三

靜

我把書房書桌前
一整個春天關閉著的兩扇
玻璃門拉開十公分

我聽到輕盈的聲音

是掛在門檻上的風鈴

我第一次如此清晰地
認識了它：啊風

鈴

（阿芬齡……）

風溜進來書房，輕盈的
風：清
風

我認識了風

我倚壁久久坐在椅子上
試著認識帶來風的精靈，認識
靜

二〇二三‧五

註：我太太張芬齡，從小其家人以客家話喚其「阿芬齡」。

我的妻

我的妻，吾妻，是一座
港：梧棲港，收容漂流、浪蕩的
我這條木舟，讓
吾終生
棲身其中
在吾鬱時、燥時，以微笑的水花安撫我
雖顫抖，而仍能夜泊而不至全然不安絕望
雖病，而仍有病不死、病不壞的生之慾
雖神經痛，而仍有不被撲面而來的多彩多姿
痛感嘲笑、戲弄盡的一絲精神

像座大賣場、像生鮮超市、像堡壘，要
進出我吃我睡我穿我行物料，又要時時
嚴防心魔來襲的一座忙碌的商港兼軍港

梧棲港不在台灣台中，她在
台灣花蓮颱風、地震屢屢造訪的
我的家中

吾妻，我的妻，現在躺在我家客廳藤椅上
小憩——像一艘蓄一甲子之勢，重新待發
準備攜著整座港口，攜著她自己身上全部病痛
逍遙遊的宇宙航母

二〇二三‧五

歌劇魅影

我聽到她們的歌聲
是海上女妖吧
最新一季為空中劇場的
新劇首演會
入耳的音符在我額際神經
湧起一副無形有感的面具
遮蔽我的左額左眼，不
教我示她們我的真面目

但我要示她們歌與詩的
秘訣，如何寫詩而不必掀翻
詩歌手冊或修辭學指南
像永在北天的北斗七星
如何詠歌而不必藉節拍器
花腔發聲法或擴胸術
只要用心，即便是受過傷的
心，不帶怨恨：愛的呼吸
讓詠嘆調抑揚飄蕩如香氣

額上的面具像石頭重壓著
我的存在，我要教她們反教我
以穿石的歌聲，悲憫的詩溫
融化它為搖孤兒棄老入夢的
輕柔的搖籃曲，輕曼地
搖苦搖苦為酷，輕妙地
搖痛搖痛為梧桐樹間的風
吹開我的面具，我的魅影

二〇二三‧五

安邦

醫生說：抗憂鬱的「萬憂停」
治本，像柱子
抗焦慮的「安邦」治標
像拐杖，像傘

我停掉、斷掉了服了半年
讓我憂鬱不停的「萬憂停」
憂雨來時
我只能舉起、張起我的傘
狂奔雨中、夢中刺你
入你，安我
肉身之邦，安我
靈

二〇二三‧六

註：「萬憂停」（Duxetine），抗憂鬱藥。「安邦」（Alprazolam），
抗焦慮藥。

夜歌

夜，你遮蔽了我的疼痛

夜，你遮蔽了我的焦慮

夜，你不收門票開放墓場為磷光與月影的舞場

夜，你浮一枚粉紅色助眠藥讓我入睡夢之湖

夜，你覆蓋了我的死之願

夜，你庇護了我的生之慾

夜，你把我未滴出的眼淚串連成星光的項鍊

夜，黑寡婦，你是白日的未亡人

夜，你知羞恥地只讓我夢到你的白乳房

夜，你慈悲，辭掉我預約的紀念碑易以滿溢的葡萄酒杯

白日是那麼長，那麼霸道，那麼狠……

夜，你幫我謀殺了那刺目、刺心的惡徒

夜，帶著黑麻紗與黑婚紗，成為我們的新嫁娘吧

即便你只能日日弒夫後夜夜與我們一夜婚

二〇二三・七

183

與蛇共舞

—— 並反歌一首

那蛇，破背根神經節而出
潛伏皮膚底下多日後
捲曲盤據我左額與左眉
十數平方公分的面積
但攤衍開來卻身長命長
數十日，數十週……啊你這條
人稱「皮蛇」的帶狀皰疹

吐著蛇信的白色蛇頭高踞我
左上太陽穴廟堂，封賜我的額
我的眉緊硬大小面具，邀我
共舞，美稱為多彩多姿的
皰疹後神經痛感，還一度
佯裝青龍吐珠，在我右唇下
吐出一環濕紅的純皰疹
讓我擁有雙重皰籍

每一日我都有想殺死你的願望
也都有想死的願望

在字裡行間，在紙上世界一度
縱橫捭闔，恣意妄為的我
變成了一個遇病、遇憂竟謹小
慎微，無膽、破膽的人——
由一個「花蓮郎」變成一團
天明醒來即憂，深染晨間藍
午間藍，困於花蓮家宅一隅的
「花蓮藍」：另一條更儡人的
你的姊妹——青蛇，憂鬱之蛇

身長命長，十倍（或數十倍）於
那壽不及一個月的蟬
啊，「空蟬」，うつせみ，utsusemi
中空之蟬，蟬蛻下來的空殼，蟬；
「現身」，うつしみ，utsushimi
現世、今世之人，塵世
你蛻下蛇皮而幽靈仍在
數十日，數十週……是要我猜
那不時發出的微微麻感、硬感、緊感，是
蟬聲在唸大悲咒，或者禪生在唸金剛經？
你不停推換給我的形形色色舞伴，是
厚顏的犀牛，虎豹，貪得貪色的狼或鱷魚？
要如何制伏、收拾舞會上這狂歡的諸獸？

花蓮郎淡藍色的花蓮藍
淡藍色底下是「萬憂停」藥單上所印的
欲抗的重憂症

與蛇共舞。在憂雨狂瀉,雷鳴不已的
今夜,我且以筆為塔,將你們
白青二蛇鎮於我閃電的筆尖下

　　反歌
淡藍色一百擊:如何擊重成輕,以
一擊一擊漸淡漸輕藍色電波,擊打我
拷練我,成為生命中可以承受之輕

二〇二三‧七

註:2022 年 10 月底,在潛伏多日後,我的額部冒出「帶狀皰疹」,雖立即求醫服抗皰疹藥,一兩週後,左側額部仍不幸墮入讓人害怕的「皰疹後神經痛」之苦。額部與眉際緊硬,彷彿大、小面具覆蓋,頭皮不時有癢感,雖持續服緩和神經痛藥「利瑞卡」(Lyrica),然始終未能有立竿見影或藥到病除之效,且左眼皮日感鬆垂、無力。久病心憂、不耐,於 2023 年 1 月開始服精神科藥「萬憂停」等,沒想到額部面具感反益覺緊繃,讓人更加憂慮。至六月,在醫生允許下,逐漸減、停「萬憂停」,但身心仍困。

如歌

黑羊變成白羊
岩石變成平沙
七星潭的浪變成冒出罈外的七星香檳泡
時間變成原野上一隻隻花蝴蝶
翡冷翠變成安定、清涼焦灼的心的冷翡翠
眼罩、口罩變成喜悅的淚光和甜意、涼意常在的口水

黑夜變成白日
白日變成象牙白腳趾下如歌的行板
風變成有感覺的風景
詩人變成日常人

二〇二三 · 七

Correspondances

冥合。應合。契合。對應……
呼喚冥王星，遠遠地以
一顆心／比一顆心，對應；
呼喚冥王，用奧菲斯的豎琴
用詩人、用作曲家用心雕琢的
詩句、音符叮噹的珠璣
或者用一個主婦洗衣、洗菜
分類回收廚餘、垃圾的韻律
切菜、切肉的刀俎的節奏

「自然是一廟堂……人穿過
象徵的林從那裡經行，樹林
望著他，投以熟稔的凝視」
我們走在家附近農校森林科
實習的樹林裡，我微麻的手
牽著你的手，像膽怯的實習生
這次你引我穿行出既具體又
象徵的樹林，形形色色的花木
對應我多彩多姿的身心疼痛

你叫我不要東盼西顧，不要
隨便回頭，以免永迷失於
琴音驟斷的冥界。就剩幾步路
你說，不要害怕。那些
香味，色彩，聲音都相互呼應
為行路者助陣。我們不是譯過
一茶的俳句嗎？「小蝸牛，／
一步一步登上／富士山吧」蝸牛
依自己的步調，我們也依我們的

走出這相對低平狹仄的林間小徑
我們也還要嘗試重訪我們登過的
高處：「夏日之山──／每走
一步，海景／更闊」配不上高瞻
遠矚四字的我們，大多數時候
只能在沙灘上看海，在海浪前
觀海景。生活的視野被我們略嫌
平凡、平淡的生活所界限，但於
我們，那曾經已夠寬闊夠滿足

我們只求，應和過去，再一次
滿足於夠寬闊的平凡、平淡生活

二〇二三·七

註：「Correspondances」，法國詩人波特萊爾（Charles Baudelaire，1821-1867）著名詩作標題，有「冥合」、「應合」、「契合」、「對應」……等譯名。本詩第二節前三行，摘自波特萊爾此詩首節（La Nature est un temple... / L'homme y passe à travers des forêts de symboles / Qui l'observent avec des regards familiers.）戴望舒的中譯。「小蝸牛，／一步一步登上／富士山吧」（蝸牛そろそろ登れ富士の山）、「夏日之山──／每走一步，海景／更闊」（夏山や一足づつに海見ゆ），拙譯小林一茶（1763-1827）俳句。

大招

魂魄歸來！無遠遙只。
　　──《楚辭・大招》

大學聯招資格摘要──
靈魂學組：領有重憂鬱、重焦慮機車，或恐慌與腸躁
聯結車駕照者等；
惡之華栽培學組：有志於在爛瘡處以鐵釘擊打出朵朵
冶艷玫瑰，或以嗅覺移植暗香，在心中鬱結處開出
鬱金香者等；
身心龜裂整型學組：肉體之邦四分五裂，願以靜為針
合縱連橫織補出一席可安之故土，或思以詩的曼妙聯覺
重新交感短路失覺的五官七情六慾者等

大招開始了，我的身心啊
趕快報名哪

頭皮與額頭久久被攻佔的你
老早就矇混了一張偽無頭騎士駕照
你的重憂機車膨脹時可以占兩格停車位
你被各色各樣的藥洗禮的腎與肝
你自律失調，時麻時痛的右手左腳背部胸部

你週一、週三、週五顫抖的魂與胆
你週二、週四、週六、週日也顫抖的胆與魂
往昔勉強足以振筆、縛雞的體魄，在夢中
時時、在現實中偶而不可一世的氣魄（啊，
就是要大家驚心動魄），於今都哪裡去了？

魂魄歸來！不要走遠哪
還有很多學分要修
還有很多暑假要放
還有很多迎新會、聯誼會、師友歡聚會要參加

魂乎歸來！你要獨自跳靈魂舞就跳靈魂舞
你要給靚妹灌迷魂湯就灌迷魂湯
你要為往事魂引夢牽就魂引夢牽
你要為人妻、少艾、搆不到的美黯然銷魂就黯然銷魂
起碼你在我的方寸之內，起碼一寸山河如是依然澎湃著
一寸血：鮮血，活血，跳動著的血

魂魄歸來！大招要開始了
招生，招新生，招新的生命力
以空前的大開放，以空前的小校區
——只要一顆心，只要一顆心在

大招，招納各路新生

以放空的心房，以虛座位以待的心室、教室

不以誇大的招式，我

靜靜放榜，密電你們：

魂魄兮歸來！

二〇二三・七

大哉

病人離開病，重新單純做人！

風景融入風中，視覺聽覺嗅覺美感快感四處飄散，心情不再中風！

大禹啊把昔日自作聰明的我變成大愚治我水吧，疏通氾濫的憂洪，安我肉身小天下為一般邦！

大哉，小宇宙，小身體，小安定，小確幸，小心翼翼領取眼前安與靜！

大哉，大便變硬，不再腸躁三不五時如廁排便，一次比一次稀軟！

大哉，天地人，人仍能立在天地之間！

大哉，春夏秋冬，為天地百貨公司適時默默變換櫥窗海報！

大哉，吾胆之彈性，先前大胆，而後胆小，吾黨同志，爾如何月旦吾之胆性不堅！

安步當車，領有勇敢證照、沒有汽車駕照的你，這次是正駕駛，我亦步亦趨，跟隨在旁練胆！

Good night! Good luck! Thank you!──英語系同班四年，半年多來安定我入睡前對你說的這三個詞語，是陳膺文此生對你說的僅有的英文。言極簡，意極繁！

五結六結鬱結，七堵八堵之後，這天氣（像此際的心情）終於突圍而出，暖暖起來！

把「再買蛋糕祝吾之妻女生日快樂」切成「妻女買蛋糕祝吾再生之日快樂」！

二〇二三・八

註：此詩第十一節詩句「再生」自拙詩〈暖暖〉。2023 年 5 月上網瀏覽時發現剛舉行的「國中教育會考」國文科以此詩為閱讀測驗題，讀到末節「也許車子再開動後／在哪個時間，到／哪個五結六結之地／哪裡又鬱結起來」時，久病鬱結的我心頭為之一震。五結、六結、七堵、八堵、暖暖，皆台灣地名。吾妻、吾女生日皆在八月。

花蓮狼

那些孩子們遠遠地看到
我的身影，大叫著「狼來了！」
他們說謊；那時我仍未諳
易容術或 cosplay
仍是一個花蓮郎。但現在
我戴了面具化成了一頭狼
花蓮狼，那些孩子們卻
長大、變老了，不再怕
我，不再說謊、撒野、天真地
為所欲為，開始崇尚「正直」
因為他們逐漸彎駝的背或
瘸了的一隻腳或者皰疹後
神經痛帶來的波浪似痛感
正直、平和是好的，還有善良
他們現在眼中所見都是好人：
比較好的好人，比較不好的
好人，很壞的好人，有一點
壞的好人。「人，無論如何，
還是要善良。」他們不再

害怕、羨慕那跩跩的、屌屌的
不時裝帥、裝酷的狼。他們
看到現在我這頭狼，也覺得我
只是一個普通的善良的花蓮郎
不再聯想到他們記憶中一頭狼
該有的桀驁不馴，不可一世的
樣子。我跟他們一樣變成為一頭
變老了的花蓮狼，雖然狼皮下
一顆心仍吊兒郎當，自以為是

二〇二三・九

花蓮藍

浪衝開海千萬個不同
層次藍的抽屜，讓各種
白色文件四處湧盪……

二〇二三・九

投幣夾

春天的時候，我在郊區電話機前
一次次把像路邊剛迸出的花蕾似的
一枚枚鮮亮的硬幣投入
硬幣的正面是渴望、期待與忐忑們的
卡拉 OK 競演會
那些期待時而被你的沉默卡住
我掛上話筒，從退幣孔拉出一串
未被及時唱出的音符。我的忐忑
偶而意外地被你忽上忽下的笑聲
OK 成兩顆純粹的心，相近，相映，讓

夏天的時候，對你的渴望得以飲冰止渴
赤裸如兩枚光滑的硬幣，疊在一起
不時互撞、奏出曼妙的音樂
永難忘的仲夏夜所做的夢與愛之歌
啊，硬幣也能硬如冰，愉悅地
酥溶成水：我這隻被你冰箱久久
排斥於門外的春夏之蟲，終於也能語冰

秋天的時候，我翻開莊子的〈秋水〉篇
讀到「夏蟲不可以語於冰者，篤於時也
曲士不可以語於道者，束於教也」
我覺得很有趣，一行一行把〈秋水〉篇
從頭到尾讀了許多遍，只有在字裡行間
遇到硬幣般句號時，方想到去郊區
電話機前投幣和你分享其中道理與教義

你似乎關閉了硬幣正面的卡拉 OK 功能
只用手機傳給我幾則我似乎在什麼地方
看過的短詩：「秋夜之長空有其名，
我們只不過相看一眼，即已天明」
「你不碰這熱血洶湧的柔軟肌膚。
你不覺悶嗎，講道講道？」……受制於
我的成長與教育環境，我還是偏曲地
習慣在電話機前投入一枚枚堅實的
硬幣。硬幣的正面是卡拉 OK 競演會
硬幣的反面（它們一枚一枚從退幣孔
落下），我發現，是一片片秋天的落葉

二〇二三・九

註：第四節中所引兩短詩，分別取自拙譯日本女歌人小野小町及與謝野
晶子之作。

戒嚴時代匯率夾

美金：台幣＝阿爹：阿子

日圓：台幣＝母奶：奶瓶

港幣：台幣＝（未來的破）雨傘：（未來的破）保險套

人民幣：台幣＝（藏有的）人民：（抓去）槍斃

人民幣：廣場民主壁＝（敢搞的）人：（發給你）冥幣

二〇二三・九

對南向政策的小聲援調查

	同意	不同意	無意見
南僑水晶肥皂每日洗臉	72人	16人	12人
南無阿彌陀佛早中晚勤念	86人	10人	4人
南台灣台南南鯤鯓新立為福爾摩莎南島邦聯首都	93人	5人	2人
南投北投各派一投手直球對決決定南北台灣統或獨	54人	45人	1人
南蠻諸邦只設代表處不建交派駐大使以維我寶島大國尊嚴	57人	17人	26人
南極冰漠上勸請木柵指南宮捐贈木製防水防雪防震指南針一座增加吾島能見度	97人	2人	1人
南科園區盡速研發遠距高速下載失蹤千餘年傳奇南柯一夢「大眾健康夢遺版」APP	89人	8人	3人
南即是美即是力南管管北管管自來水管瓦斯管電線管輸卵管輸精管以及總統府一級主管	83人	11人	6人
南半球杯（只用下半部球比賽的）世界半球賽應於國喪下半旗期間廣邀各國各球類代表隊與賽	78人	9人	13人
南瓜優於冬瓜西瓜胡瓜菜瓜南面而王者應乘南瓜馬車穿南勢角烘爐地南山福德宮烘焙的玻璃鞋入府就位	99人	1人	0人
備註	受訪者：100人；誤差值：0。		

二〇二三·九

「淡藍色」變奏 33 首

1

他羞羞的看伊
微濕的細道：
流星跟蝶勇飛

2

國父在暴雨的愛國路上
匆匆停在一顆水果（或石頭）
似的凶乳下：呼吸困難

3

小木舟中的少女笑起來
時，她水中的家就是
時代的中心，就是天下

4

白宮的白雞一聲聲
啼，夢的蜘蛛絲
一格一格自動模糊

5

一日翻一頁的日復
一日之書，有跳過
哪一頁的自由嗎？

6

藍天把木棉樹的
樹蔭平均
滾印在路上……

7

好牛！父、母、妻、兒都
游破銀泳褲，以破世界「破」
紀錄，換來銀河泳賽銀杯

8

一平方尺花房
動人，一平方尺
乳房——也動人

9

天、地、人爭強：天引發雨消
地火，地引發火灰消天青，人——
天不怕，地不怕——安於消魂

10
午後快事：吾同道
引吭歌一曲吳語
歌，同待雨後快晴

11
以屌斷之險，堅持
食她良人食的她夜間
虛口間的良食到底

12
兩個人的俳句：
以手問你內衣
內是冷、是暖？

13
啊當機，長出一斷口，須用心：
你的呼吸，代汝身飛拂口身——
你的東、西三省，你的小帝國

14
我思故我詩：
膺文
浮生虹際鷹文

15

花間獨酌——佳！花影
月影投水中。怎麼？
魑魅魍魎——多了鬼影！

16

蟬的小天宮內禪在動。蟬變禪，三
小步：蟬，單，禪。不！孫猴子
以金箍棒扣天窗大叫：是七十二變！

17

西安的禪僧刻字西瓜成詩：
西安以西瓜而安
一萬之頭一二三

18

浪說：海媽媽，謝謝你生下
我！海說：謝謝我管不了你們有多
浪盪，加多了我海媽媽浪名！

19

投（幣）機少年成長夾：投入媽寶
轉出一軟糖；投入反抗，轉出一硬頸
投入悲與喜的隧道，轉出一淚的銀行⋯⋯

20

蟲蟲火車台島行上下新相：田蜈上
草螟下；金龜蟲上，綠龜蟲下；白公雞上
花公雞下；噴火蟲上，亂飛蟲下……

21

東北「大天真人」以夢立邦，有《愛的
天書》頂著天頂飛雨飛到夢的漁場
被大飛魚發現，藏到背包，被漁夫網到

22

在死亡的王國，死人們依然
一天天抽籤幫國王／女王
合唱「天主佑我王」的國歌

23

天主啊，你寧讓南方的天天天
天藍，把天天要讓出席位，一下
都不息的各種捲毛的雲累死！

24

月考考：大雨停了的早晨，大禹
初遇奧菲斯，買了乾麵、葡萄、
豬腦湯、鼓，回奧菲斯的琴音嗎？

25
綠稻。綠蕉。白雪。
紅星。革命。熱血。
芭蕉。俳風。福爾摩莎⋯⋯

26
十九歲的美玲、九十歲的美齡到
菜市仔合奏手風琴，美玲牙齒痛停奏
美齡笑著 google 說：要沾嵌口膠！

27
大宇宙市政廳前面有一座齒林，植滿
脫（太陽）系的行星齒、衛星齒，小城的
我們瞎想：顆顆可能都是星們的蛀牙

28
那座城市的群獸也能享用手機
萬獸每夜輪流歇息於圓形競技場
免費用天階芬露清涼、美容手機

29
莊子夢到以上賓之名被逼在
賭桌上做莊：人們賭做莊與
做莊子誰被莊民們夢作是傻逼？

30

她偷窺我的夢，看到夢一步一步兩行
金和銀的足印。我夢中打手語說金足印是
著衣的她的足印，銀足印是裸身的她

31

快快裝成一顆半鎖的螺絲——海
翻動其浪，讓亮藍的記憶寬宏大量地
碰落我們——大大的樂不可支！

32

浪花是激辯的縱橫家
高高縱捲起，統一橫來盪坍在
我方：最動人的說客

33

落貓毳，落猋，落驫，落犇，落
落轟，落磊，落焱，落朤，落众……
是落雨？聽，世上最天方夜譚的雨！

二〇二三・九

註：「皰疹後神經痛」身心受困調養期間，百無聊賴中想到 2012 年從
自己《小宇宙：現代俳句 200 首》圈字組成的拙作〈新《小宇宙》
六十六首〉，遂也從拙作〈淡藍色一百擊〉中依序由三首（或四首）詩
圈字重組而成此〈「淡藍色」變奏 33 首〉，冀能藉這些「再生」詩，
再生、復活自己身心之力。第 33 首「變奏」係從原作第 97 至 100 四首
詩變奏、再生而成。英文有諺語——It rains cats and dogs.——意謂「傾
盆大雨」。

後記

　　這本《淡藍色一百擊》是我第十五本詩集，收錄完成於
2015 年 7 月至 2023 年 9 月間短詩、長詩（或組詩）六十四首。
2015 年 7 月我寫成〈一百擊〉一詩，至 2017 年 1 月完成〈藍色
一百擊〉一作時，心生以「藍色一百擊」為詩集名稱之念。到了
今年（2023），決定改以「淡藍色一百擊」為我這本在《島／
國》之後多年來詩作新集之名。2022 年 8 月至 10 月間，我寫成
以一百首「三行詩」組成的〈淡藍色一百擊〉。沒想到隨後，在
10 月底，我竟染了「帶狀皰疹」——在潛伏多日後，始發現左
側額部與眉際冒出疹子，雖立即求醫服藥，一兩週後仍不幸墮入
先前從未聞之、確然讓人驚恐、難纏的「皰疹後神經痛」之苦。
額部與眉際緊硬，彷彿戴了大、小面具，頭皮不時有癢感，醫生
暗示我第一時間「三叉神經」恐已受到威脅。雖持續服用有「黃
金之藥」之稱的緩和神經痛之藥「利瑞卡」（Lyrica），卻始終
未見藥到病除之效，至年底左眼皮且日感鬆垂、無力。久病心
憂，我於 2023 年 1 月開始服用身心科醫師開給我的抗憂鬱、焦
慮藥「萬憂停」（Duxetine，學名 Duloxetine）、「安邦」
（Alprazolam）等，沒想到面具感反而益覺緊繃，讓我更加心
憂。至六月，在醫師允許下，逐漸減服、停服「萬憂停」，期盼
能「剋期取證」，可惜似乎未能如期修得成果，身心仍困。七月
下旬，我決定改重吃十一年前身心遇困時吃過的抗憂鬱藥「千憂

解」（Cymbalta，學名亦 Duloxetine）。至八月身心似較安定，初覺有再生／重生之感。但丁的《神曲》（*La Divina Commedia*）義大利語原意為「神聖的喜劇」，分成《地獄篇》、《淨界篇》、《天堂篇》三部。我曾對醫師說今年上半年服「萬憂停」等抗憂鬱、焦慮藥過程，於我彷彿是下地獄，把我修理得不得不（不）甘心接受「肉體」之疼痛、不適，以保住我的「心」、我的小命。此次我倘使能歷「地獄」、「淨界」之磨練，重新回到日常的「人間」做一個庸俗的小民，此一「世俗的喜劇」經歷已充分是神聖的寶貴恩典了。

2011 年 11 月，我參與策劃的「太平洋詩歌節」結束後次日，我右手、右背突然筋膜發炎，牽及腳傷、心憂、視衰、聲闇，至 2013 年 3 月這兩年多時間，不便使用電腦，無法肆意行動，困居家中，與疼痛共存。其間我長時間服用身心科醫師所開之藥，且在我太太幫助下，企圖藉寫作轉移身心之痛。2012 年出版的詩集《妖／冶》，2013 年出版的詩集《朝／聖》，即是這段時間被病魔磨練出，（偽）勇敢熬出的成果（或苦果？）。

沒想到隔了十一年——在 2022 年 11 月 12 日開始的「太平洋詩歌節」前半個月——病魔又再次造訪我。2022 年 11 月至今，重遇了類似的身心之困。十個多月來，老實說，我無一日不與「棄世」之念。先前〈藍色一百擊〉一作裡提到的海藍、天藍、山藍的「花蓮藍」，居然成為被藍色憂鬱所罩的我這個「花蓮郎」愁慘的「花蓮藍」、花蓮憂鬱——對比〈藍色一百擊〉中我寫過的「用偶然拔高的花腔吹散愁雲慘霧造就你們每日的花蓮藍花蓮郎」這樣的詩句，真是別有一番滋味在心頭。我不敢回視

自己的詩作，特別是發病前剛寫完的那組〈淡藍色一百擊〉——其中某些首「三行詩」，事後讀來，似乎帶著反差頗大的諷刺味或預言味。我一夜間，似乎老了十歲（或二十歲！——甚至比已逾九十歲的我的父母還老），直面「生老病死」四字中後面三字。〈淡藍色一百擊〉第 7 首三行詩如下：「想起我寫七十歲時的她／笑起來像十七歲，昨天／母親說：你也快七十歲了」；而在 2020 年 4 月寫成的組詩〈七星譚〉一作的【月曜日】中，我「誇口」說：「我的父母親，今年加起來一百八十歲／雙親如雙星，高照浮世上的我，讓過了花甲／之年的我這個花蓮路人甲想變老、稱老，都／變得有一點難。」啊，何以「花蓮路人甲」而今不時想要棄甲，似乎不敢不棄甲？

我一直到 2023 年 3 月，才敢重新面對詩，提筆寫了〈淡藍色一百擊〉後的第一、第二首詩作——〈病中作〉和〈風林火山〉，而後在五月、六月、七月、八月間陸續寫成其他十首詩，在九月寫成〈花蓮狼〉、〈花蓮藍〉、〈投幣夾〉、〈戒嚴時代匯率夾〉、〈對南向政策的小聲援調查〉、〈山水〉與〈「淡藍色」變奏 33 首〉。這是上天為我寫的「喜／鬧／悲（傷）劇」劇本嗎，以〈淡藍色一百擊〉此組「三行詩」與其後的十九首廣義的「病中作」，為《淡藍色一百擊》這本詩集收尾（或壓軸？）。

2022 年 10 月至 2023 年 7 月間，適有三本拙譯詩集先後在台灣出版——《微物的情歌：塔布拉答俳句與圖象詩集》，《萬葉集：369 首日本國民心靈的不朽和歌》，《古今和歌集：300 首四季與愛戀交織的唯美和歌》。但一反過往，拿到這些印製得

頗典雅、悅目的新書時，我心中浮現的卻只是「淡藍色」的無以名其味之感。

我要感謝四十多年來的老友、文友、樂友——懸壺三重的醫師作家莊裕安，半年多來週週包容我的電話訴苦、求援以及近乎騷擾的不安詢問，助我仍有餘勇讓此本跨越八年的拙集得以殺青（啊，多希望順便將心中的「青蛇」——憂鬱之蛇——也殺掉！）。也要感謝日夜照料我，忍受我的不耐，身上苦痛數倍於我，卻仍要在我每夜服藥就寢後，將諸多家事做完始能休息的我的妻子。我只能在膽怯的詩行中向她、向其堅毅致愛、致敬。我也要感謝在各種時段，突然接獲我電話，聽我反覆嘮叨、傾訴，以「話療」助我小命至今仍在的各方親友、學生。

現代詩學者奚密教授與曾在台灣清華大學客座的洪子誠教授等編的《百年新詩選》提到拙詩時說：「近二十年來他表現了突出大膽的實驗性，諸如雙關語和諧音字，圖象詩和排列詩，古典詩歌的鑲嵌和古典典故的改寫等等。然而，他並非一位標新立異的詩人，而是在為他龐大的題材尋找最貼切的有機形式。」這對我真是極大的鼓勵。我希望有心的讀者仍能在我這本詩集裡，看到多年來我追索中文現代詩創作新可能的努力與用心，看到一個遊吟近五十年的花蓮詩人「青青輕輕唱」他的花蓮藍調，「亂彈亂舞亂中有序」，企圖藉這「亂敲亂唱自成一團」的一人樂團，「輕輕調合悲涼與夏日海風涼，調合島嶼與歷史，夢與地理」，調動古典中土敬亭下詩的十日譚與花蓮太平洋邊的七星潭。

上一本詩集《島／國》裡，收錄了我寫的兩首台語詩、三首客語詩。這本《淡藍色一百擊》的組詩〈淡藍色一百擊〉裡，也

各有一首台語與客語詩作；在其他詩作裡，我也在需要之處自然地借用了某些台灣原住民與日文語詞。過去五年間，我頗狂熱地翻譯出版了十一本日本俳句或短歌集，這本《淡藍色一百擊》裡會出現三五日文（或「日式漢字」）語彙，或許是遊走於同屬「漢字文化圈」的日文與中文間多時後，不知不覺的反饋。

二〇二三年九月・花蓮

陳黎詩與譯詩書目

【詩集】

《廟前》。東林文學社，1975。

《動物搖籃曲》。東林文學社，1980。

《小丑畢費的戀歌》。圓神出版社，1990。

《家庭之旅》。麥田出版公司，1993。

《小宇宙：現代俳句100首》。皇冠出版公司，1993。

《島嶼邊緣》。皇冠出版公司，1995。

《貓對鏡》。九歌出版公司，1999。

《苦惱與自由的平均律》。九歌出版公司，2005。

《小宇宙：現代俳句200首》。二魚文化公司，2006。

《輕／慢》。二魚文化公司，2009。

《我／城》。二魚文化公司，2011。

《妖／冶》。二魚文化公司，2012。

《朝／聖》。二魚文化公司，2013。

《島／國》。印刻出版公司，2014。

《淡藍色一百擊》。黑體文化，2023。

【詩選集】

《親密書：陳黎詩選 1974-1992》。書林出版公司，1992。

《陳黎詩選：1974-2000》。九歌出版公司，2001。

《陳黎詩選：1974-2010》。九歌出版公司，2010。

《陳黎跨世紀詩選：1974-2014》。印刻出版公司，2014。

《陳黎詩集 I：1973-1993》。書林出版公司，1998。

《陳黎詩集 II：1993-2006》。書林出版公司，2014。

《陳黎詩集 III：2006-2013》。書林出版公司，2016。

【譯詩集】

《神聖的詠歎：但丁》。時報出版公司，1983。

《拉丁美洲現代詩選》。書林出版公司，1989。

《帕斯詩選》。書林出版公司，1991。

《四方的聲音：閱讀現代‧當代世界文學》。花蓮文化中心，
　　1993。

《聶魯達詩精選集》。桂冠出版公司，1998。

《辛波絲卡詩選》。桂冠出版公司，1998。

《聶魯達：一百首愛的十四行詩》。九歌出版公司，1999。

《世界情詩名作 100 首》。九歌出版公司，2000。

《四個英語現代詩人：拉金，休斯，普拉絲，奚尼》。花蓮文化
　　局，2005。

《致羞怯的情人：400 年英語情詩名作選》。九歌出版公司，
　　2005。

《下雨下豬下麵條：傑克 普瑞拉特斯基童詩集》。天下遠見公
　　司，2006。

《台灣四季：日據時期台灣短歌選》。二魚文化公司，2008。

《聶魯達雙情詩：一百首愛的十四行詩&二十首情詩和一首絕望
　　的歌》。九歌出版公司，2009。

《當代世界詩抄》。花蓮文化局，2010。

《辛波絲卡詩集》。寶瓶文化公司，2011。

《萬物靜默如謎：辛波斯卡詩選》。湖南文藝出版社，2012。

《紫潮：日據時期花蓮短歌、俳句選》。花蓮文化局，2012。

《精靈：普拉絲詩集》。麥田出版社，2013。

《亂髮：短歌三百首》。印刻出版公司，2014。

《當代美國詩雙璧：羅伯特‧哈斯／布蘭達‧希爾曼詩選》。印刻出版公司，2016。

《聶魯達：船長的詩》。九歌出版公司，2016。

《聶魯達：二十首情詩和一首絕望的歌》。九歌出版公司，2016。

《聶魯達：疑問集》。九歌出版公司，2016。

《白石上的黑石：瓦烈赫詩選》。聯合文學出版社，2017。

《達菲：世界之妻》。寶瓶文化公司，2017。

《養蜂人吻了我：世界情詩選》。台灣商務印書館，2018。

《死亡的十四行詩：密絲特拉兒詩選》。寶瓶文化公司，2018。

《一茶三百句：小林一茶經典俳句選》。台灣商務印書館，2018。

《辛波絲卡：最後》。寶瓶文化公司，2019。

《這世界如露水般短暫：小林一茶俳句 300》。北京聯合出版公司，2019。

《但願呼我的名為旅人：松尾芭蕉俳句 300》。北京聯合出版公司，2019。

《夕顏：日本短歌 400》。北京聯合出版公司，2019。

《春之海終日悠哉游哉：與謝蕪村俳句 300》。北京聯合出版公司，2019。

《賽弗爾特詩選：唯有愛情不滄桑》。長江文藝出版社，2019。

《有一天，我把她的名字寫在沙灘上：英語情詩名作 100 首》。台灣商務印書館，2020。

《古今和歌集 300》。北京聯合出版公司，2020。

《芭蕉・蕪村・一茶：俳句三聖新譯 300》。北京聯合出版公司，
　　2020。

《牽牛花浮世無籬笆：千代尼俳句 250》。北京聯合出版公司，
　　2020。

《巨大的謎：特朗斯特羅姆短詩俳句集》。北京聯合出版公司，
　　2020。

《我去你留兩秋天：正岡子規俳句 400》。北京聯合出版公司，
　　2021。

《天上大風：良寬俳句・和歌・漢詩 400》。北京聯合出版公司，
　　2021。

《永恆的骰子：巴列霍詩選》。北京聯合出版公司，2021。

《蝴蝶的重量：沙克絲詩選》。寶瓶文化公司，2022。

《萬葉集 365》。北京聯合出版公司，2022。

《微物的情歌：塔布拉答俳句與圖象詩集》。黑體文化，2022。

《萬葉集：369 首日本國民心靈的不朽和歌》。黑體文化，2023。

《古今和歌集：300 首四季與愛戀交織的唯美和歌》。黑體文
　　化，2023。

《願在春日花下死：西行短歌 300》。北京聯合出版公司，2024。

山水

殘山
　　　剩水，
但仍有一隻麻雀
雀躍在一根殘枝上。
沒有花，
　　它自己就是花腔女高音。
在一根樹枝上，
　　像在一具彈撥樂器上
以腳爪為指，
　　勾、抹、挑
　　　　顫音，滑音，
刮奏，點奏，搖指……
只有一根弦，
　　　　卻能撥出琶音。
殘山
　　　剩水，
而殘響
　　不絕，餘音
　　　蹦跳，
活生生在。

二〇二三・九

陳黎在花蓮七星潭海邊

國家圖書館出版品預行編目(CIP)資料

淡藍色一百擊/陳黎著.-- 初版.-- 新北市:黑體文化出版:遠足文化事業股份有限公司發行,2023.12
　面;　公分.--(白盒子;6)

ISBN 978-626-7263-59-4(平裝)

863.51　　　　　　　　　　　　　　　　　　　　　　　　　　112018652

特別聲明:
有關本書中的言論內容,不代表本公司/出版集團的立場及意見,由作者自行承擔文責。

黑體文化　　　　　　　　　　　　　　　　　　　　　　讀者回函

白盒子6

淡藍色一百擊

作者‧陳黎│責任編輯‧張智琦│封面設計‧許晉維│出版‧黑體文化／遠足文化事業股份有限公司│總編輯‧龍傑娣│發行‧遠足文化事業股份有限公司(讀書共和國出版集團)│電話‧02-2218-1417│傳真‧02-2218-8057│客服專線‧0800-221-029│讀書共和國客服信箱‧service@bookrep.com.tw│官方網站‧http://www.bookrep.com.tw│法律顧問‧華洋法律事務所‧蘇文生律師│印刷‧中原造像股份有限公司│排版‧菩薩蠻數位文化有限公司│初版‧2023年12月│定價‧320│ISBN‧978-626-7263-59-4│書號‧2WWB0006